诗露

花雨

张 杰／著

山西出版传媒集团
山西人民出版社

图书在版编目（CIP）数据

诗露花雨 / 张杰著 . -- 太原 ：山西人民出版社，
2024.1
ISBN 978-7-203-13049-9

Ⅰ．①诗… Ⅱ．①张… Ⅲ．①散文集－中国－当代
Ⅳ．① I267

中国国家版本馆 CIP 数据核字（2023）第 175380 号

诗露花雨

著　　者：张　杰
责任编辑：姚　澜
复　　审：魏美荣
终　　审：贺　权
装帧设计：谢蔓玉

出 版 者：山西出版传媒集团·山西人民出版社
地　　址：太原市建设南路 21 号
邮　　编：030012
发行营销：0351-4922220　4955996　4956039　4922127（传真）
天猫官网：https://sxrmcbs.tmall.com　电话：0351-4922159
E-mail：sxskcb@163.com　发行部
　　　　　sxskcb@126.com　总编室
网　　址：www.sxskcb.com

经 销 者：山西出版传媒集团·山西人民出版社
承 印 厂：三河市元兴印务有限公司

开　　本：880mm×1230mm　　1/32
印　　张：7
字　　数：180 千字
版　　次：2024 年 1 月　第 1 版
印　　次：2024 年 1 月　第 1 次印刷
书　　号：ISBN 978-7-203-13049-9
定　　价：59.80 元

书是了解世界的一扇窗，是窥探别人心理世界的一个通道，是通往智慧的阶梯，是打开智慧的一把钥匙，是灵魂与灵魂相碰撞而产生的火花。愿我们多读书，读好书！

张 杰

撷取生活中最美的叶子

—— 为张杰作品集《诗露花雨》序

文／梅雨墨

　　最初听到张杰要出一本文集，说实在的，我的心里是有些打鼓的，因为我认识这位在泰山脚下从事教育工作的老师并不算太长的时间，看过她的文章也不多。在我的印象中，也许她并不是一个写了很多文章，以至于要开始策划着出文集的作者，但是她好学的态度却又是极其少见的，可以说是非常执着，只要有合适的机会，她就会找我询问各种散文创作的方法和思想。所以，后来我开始关注她，并一直看着她慢慢地成长起来。

　　张杰为这部即将出版发行的文集取名《诗露花雨》，我想，她一定有着自己的想法。虽然她并未与我说起过，但我猜测，她应该是想用自己的笔，来撷取生活中那些最美的叶子，这些叶子就像是诗的露珠和花的小雨，充满着浪漫与温馨，反映着生活本应有的状态。后来，一个偶然的机会，我才知道原来这部集子的名字中还暗藏她女儿的名字"诗雨"。如此看来，她已经把这部文集看得像自己的孩子一样重要了。

《诗露花雨》共分五辑。第一辑"生活随想"有十七篇之多，基本上都是散文和随笔，也是本书篇目最多的一辑。看起来，张杰创作的方向是走生活感悟的路子，这就非常符合一个创作观点，那就是在创作时要走入与走出。第二辑"旅行笔记"有八篇散文，基本上都是作者的游记。第三辑"师者心得"有五篇，主要是描写她作为一名教育工作者，在长期的教学生涯中的感想与感悟。第四辑"读书随感"有七篇读后感，其中包括她阅读我获第八届"冰心散文奖"的散文集《飞雪千年》后，写出的一篇读后感《千年飞雪千年风月》。第五辑是她最近创作的两篇短篇小说。

走入与走出，这是文学创作的一般规律。真诚地领略生活，走入生活，熟悉它，认知它，才能带着感悟与思考走出来，最终形成文学作品。一个作家能够真心地走进生活，感受大自然的真性情，感知生活的原汁原味，在感受与感知中品味，从而发酵成滋味醇厚的文学作品，这样的作家是难能可贵的，而张杰正是这样的一位作家。在《枕着月光入眠》中，她这样写道："月光透过窗子倾泻在床上，将房间映射得亮亮堂堂。月光有脚，会走路，静静地、渐渐地淡出我的视线。""我也常常这样痴想，要是将冬天的月光替换到夏天，夏天的月光再替换到冬天，该会是怎样的意境！倘若在夏天，沐浴在月光下，在蝉唱虫鸣的大树下乘凉，地上落满月光投下的斑驳树影，密密匝匝，树影不时在风中晃动，摇碎了一地的月光，明晃晃的月光刺痛了眼睛，那样也不会再感到凉气透骨，而是沁人心脾；若在冬天，月光将会斜斜地落在地面上，慵懒得似瞌睡的人的眼睛。那样冬天也不再如冒着寒气的月光那般清冷。我便在这种遐想中枕着月光入眠。月光落进我的梦中，颜色不再白花花一片，而是色彩斑斓了。"多么美的意境，多么细致的描写，如果不是很多次地仰望挂在天上的月亮，是无论如何也无法写出这样美妙的句子的。

作为一名创作者，只有带着真诚走进自然，才有可能与大自然直接对话；只有带着真诚走进生活，才有可能真正地熟悉生活。文学创作如果不能走进大自然，走入人们的日常生活，与山川同呼吸，与民众共步调，是不可能真正完成这样的使命的。在《我心中的凤凰》中，张杰是这样写的："古城有沈从文《边城》中女主人公翠翠的影子，在乌篷船上她和爷爷摇动船桨正乘载两岸的客人来来往往，嘈杂的声音飘荡在河面上，随着汩汩的河水流淌；或者在风清月朗的夜晚，如银似水的月光笼罩着神秘祥和的青山，从遥远的天际传来云雀般的歌声飘荡在河水上空，激起层层涟漪，和着林中鸟儿的鸣叫和各种虫儿的弹唱，让她憧憬着期待着，如醉如痴，同时又有着莫名的惆怅和淡淡的忧伤。"我们从这些描写可以想象得出，张杰走入生活，无论是带着激情还是保持冷静，都能认真地把握住题材的必要条件，她认真地踏在这片人地上，而双脚踏出的路才是最坚实的。

张杰最熟悉的地方那就是泰安了，这是她工作与生活的地方。在泰安，泰山则是必不可少的描写素材，在《巍巍泰山》这篇文章里，她这样写道："推开窗子，巍巍泰山映入眼帘。一年四季，泰山景色也各不相同。春天，大山的颜色先由墨绿、棕褐色变为嫩绿，呈现出一片生机勃勃的景象；夏天来临时，山的颜色变为深绿，显得稳重大气。这时雨水也多起来，几场大雨过后，山上葱茏一片，偶尔白云环绕在山间，犹如少女脖子上围了一圈纱巾，使大山更加妩媚动人。秋天时泰山的景色最美，颜色变化多样，有时深红，有时浅红，有时浅黄，有时深黄，不一而足，角度不同颜色也会有所变化，为我呈现出一场视觉盛宴。冬天，山的颜色虽然暗淡，显得有些单调沉寂，但是一场大雪过后，泰山银装素裹，熠熠生辉，更加气势雄浑。"大自然的绚丽与壮美，只有走进去才能切身地感受，这份感受如果少了汗水的参与，同样也会逊色不少。从张杰的这些文字中可以看出，我们提倡的文学创作的投入，是必须带着真性情，踏着泥土，用全身心去融入的，这一点张杰做到了。

情感的投入可以赋予文字以张力。事实上，在走入生活这个特定的语境上来说，深入是一个并不轻松的话题。只有付诸真情实感，才能看到最纯真的色彩，听到大自然的妙语，悟出生命的真谛。带着真感情，品尝生活的苦，分享生活的乐，用真正情感的参与才会有动人的文字，去引发心灵的悸动。

有关亲情的作品之所以动人，关键是对题材的把握与开掘相对到位。与亲人的朝夕相处，一颦一笑，一枝一叶都可以生动有趣，这是源于对双亲的了解。在《无奈的选择》中，张杰写父亲："在晶莹的泪光中，我仿佛又看到父亲英俊睿智的脸庞，聪慧深邃的目光。父亲虽然已经去世五年，冥冥中我似乎觉得父亲仍然和我们生活在一起。以前每到春节，我们姐弟总会聚集在宁阳和父亲一起打扑克，有时打到深夜，父亲仍然精神抖擞，乐此不疲。朗朗的笑声传得甚远，似乎深夜的寒气在我们的感染下变得温馨祥和。天上闪烁的星星更亮更大，将清辉无私地倾泻下来，陪伴不知疲倦的我们。"

母爱的厚度，体现在亲切平凡的细微之处，不需要任何的雕饰，信手拈来便成文章。它之所以感人至深，是因为一切均发自内心，不掺半点虚浮与夸张，这是人间至爱、至情，随便撷取一点一滴，都能引起持久的共鸣。同样是在《无奈的选择》中，张杰写母亲患病："第二天晚上与舅母通电话时，无意中知道母亲得病的消息，我的心悬起来，看看表已是深夜十点多，恐打搅母亲休息，只好耐住性子熬过无眠之夜。次日，我与母亲通电话。等问及母亲身体状况时，电话里传出来颤巍巍的声音，我似乎感到母亲有事隐瞒我，电话里她一直告诉我她身体好吃饭多，等等。"其实，一个作家如果走入普通民众的生活，能带着一颗虔诚之心，想民众之所想，忧民众之所忧，盼民众之所盼，像对待亲情那样地自然与熟悉，俯仰之间流淌着浓浓的真意，作品的活度、深度与力度定会得到极大提升。

文学作品是灵动的，更是凝练的，感人至深的文学作品植根于中华深厚的文化土壤，赓续生生不息的中华优秀文化传统，既有前事不忘后事之师的文化智慧，更有涵养社会主义核心价值观的源头活水。从这个意义上说，继承与创新，是散文创作又一个中心话题。"文以载道"是中华民族的文化传统，从《诗经》以来，这一文化传统历久弥新。唐宋散文八大家的文学主张，是当时一批有责任、有担当的文化先哲的主动追求，影响才会长盛不衰。张杰在她的作品《精神家园》里也丝毫不掩饰自己对汉字的喜爱："汉字是象形文字，有的字表意，有的表形，有的表声。比如'日'与'月'，让人实实在在感到太阳与月亮的存在，它们的形状也不由得在脑海中显现。如果这两个字再组合起来，又变成另外一个字'明'，看到'明'让人顿时感觉眼前一亮。我们能感悟到自然界流淌在汉字里，流淌在中国文明史里，流淌在中国人的血脉里，世界上其他语言是无法让人体会这种大自然的意境和旋律玄妙地浓缩在文字里的乐趣的。"作为一个作家，张杰自觉地继承了中华优秀传统文化，因为她非常清楚地知道，这是中华民族的精神命脉，是涵养社会主义核心价值观的重要源泉，也是我们在世界文化激荡中站稳脚跟的坚实根基。

习近平总书记在中国文联第十次全国代表大会、中国作协第九次全国代表大会开幕式上指出：我们的文学艺术，既要反映人民生产生活的伟大实践，也要反映人民喜怒哀乐的真情实感，从而让人民从身边的人和事中体会到人间真情和真谛，感受到世间大爱和大道。

关在象牙塔里不会有持久的文艺灵感和创作激情。离开人民，文艺就会变成无根的浮萍、无病的呻吟、无魂的躯壳。一切有抱负、有追求的文艺工作者都应该追随人民的脚步，走出方寸天地，阅尽大千世界，让自己的心永远随着人民的心而跳动。

愿张杰牢记以人民为中心的创作思想，用心用情地去观察这大千世界，创作出更多更好的作品奉献给广大读者，无愧于祖国，无愧于人民，无愧于这个伟大的时代。

2023 年 6 月

梅雨墨，著名散文家，中国作家协会会员、中国散文学会理事、中国报告文学学会会员、中国文字著作权协会会员、中国少数民族作家学会会员、中国民间文艺家协会会员、中国西部散文学会副主席，著有散文集《飞雪千年》《华美的爱情》。文学作品发表于《人民文学》《安徽文学》《山东文学》《读者》《青春》《奔流》《青海湖》

《散文选刊》《美文精粹》《中学生阅读》《宝安文学》《中国文化报》《解放日报》《新民晚报》《教师报》《海口日报》《知识博览报》《城市金融报》等，并有多篇作品入选各类选本，获第八届"冰心散文奖"、中国散文学会当代最佳散文创作奖、《人民文学》第八届"观音山杯·美丽中国"海内外游记征文奖等各类奖项数十项。

目 / 录

第二辑　旅行笔记

第三辑　师者心得

第四辑　读书随感

第五辑　小说

第一辑

生活随想

枕着月光入眠

冬天来临，我能再次近距离接触月亮，我们似乎是相识多年的老朋友，由于各自为生活所累，如鱼儿相忘于江湖，现在又不期而遇，而这又更增添了彼此之间的默契和情谊。

时值月圆，我和丈夫去了操场，享受那份难得的宁静和惬意。

晚上十点多，操场空无一人。天空一丝云彩也没有，如空明的蓝水晶，几颗星星若即若离地散落在空中，其中一颗较为醒目。月亮如银盘悬挂在中空，银闪闪的，耀人眼目；又如一盏明灯，无私地将清辉洒向人间。不管是月光令人"疑是地上霜"也好，还是如银似水也罢，所有一切都被它浸染，加上凉意透骨，我感觉自己的心灵得到净化，仿佛成为世外仙人。

游走在跑道上，黑色的影子紧跟着我们，不离不弃。不由得让人想起"举杯邀明月，对影成三人"的诗句。

面对当空的皓月，也会让人想起张若虚的《春江花月夜》。在碧空如洗的月夜下，春临大地，万物复苏，草长莺飞，百花娇艳，春水潺湲向东流。这会是怎样的一幅景象，任由你去想。在我的想象中，张若虚一定是一位玉树临风、风流倜傥的美男子，他的心灵空阔高远，审美情趣高雅绝伦，正如他描写的春江花月夜一样，美得让人心醉，甚至有落泪的冲动。当然，我并不以貌取人，只是他的诗带给我如此意境。

"江天一色无纤尘，皎皎空中孤月轮"的绝美景色，很可惜我不能得见，我们所处的位置只是空阔的操场，没有江天一色无纤尘的感觉，但是操场却寂静得如波澜不惊的湖水一般，也让人怀疑自己就身处在春江边。"江畔何人初见月，江月何年初照人"让人感慨万千。唐诗宋词里有月的倩影，秦时明月汉时关里有月的风姿，可是对于我们，时光却残忍许多，恍然间我们已经进入不惑之年。

曾经的文人墨客沐浴在月光中，而现在月亮又将清辉无私地洒向我们，若干年后它又会青睐未来的人们，将光辉肆意地倾泻在后人的身上、心上，这也许又会勾起某位后人的遐思，他也会抚今追昔，感慨万千，如先人前辈和现在的我一样。人类就这样年年岁岁，岁岁年年，不断繁衍生息。

完美的背后带给人们的是缺憾！真正的花好月圆又有多少时日？月缺的日子才是最多的，但是月缺也有自己独特的美。月圆月缺带给我们的格调和意境是不一样的，于是好与不好都只是人的心境。这正是"人有悲欢离合，月有阴晴圆缺，此事古难全"。

记得上中学和大学的时候，每当月明星稀时，我总会难以入睡，尤其是在冬天的晚上，好多次我怀疑自己命不久矣，但当时并不恐惧，只是有点儿遗憾，没有将自己人生的精彩展示出来；我还想象着父母、姐姐和弟弟会是怎样的伤心欲绝，就着月光不由得汗津津、泪潸潸了。

月光透过窗子倾泻在床上，将房间映射得亮亮堂堂。月光有脚，会走路，静静地、渐渐地淡出我的视线。于是月光进入我的梦中，晶莹剔透。

我也常常这样痴想，要是将冬天的月光替换到夏天，夏天的月光再替换到冬天，该会是怎样的意境！倘若在夏天，沐浴在月光下，在蝉唱虫鸣的大树下乘凉，地上落满月光投下的斑驳树影，密密匝匝，树影不时在风中晃动，摇碎了一地的月光，明晃晃的月光刺痛了眼睛，那样也不会再感到凉气透骨，而是沁人心脾；若是在冬天，月光将会斜斜地落在地面上，慵懒得似瞌睡的人的眼睛。那样冬天也不再如冒着寒气的月光那般清冷。我便在这种遐想中枕着月光入眠。月光落进我的梦中，颜色不再白花花一片，而是色彩斑斓了。

丈夫是很健谈的人，他的话语不断充塞耳鼓，和月光一样充溢着整个操场。对于他的话语，爱听的时候我就认真地支起耳朵，不爱听时，任他去说，我便由着自己的思绪信马由缰。说到开心处，他会不由得大笑，我不知所云时，也会跟着大笑，笑他莫名其妙的大笑。

在操场里游走了几圈，也许被林清玄的"月光装在酒壶里，用文火一起温下喝"感染，身上有了暖意。踏着一地月光，踩着自己的影子，我们朝家的方向走去。

多雨的花季

每个人从呱呱坠地起，都会经历童年、少年、青年、中年和老年这些阶段。童年虽说处于人生中最纯粹的阶段，但是太短暂，一眨眼就已经进入少年时期。一个人的一生中，最能感受和体会快乐的年龄，也只有在少年和青年阶段。这正像山中的小溪，最初它对世界充满着好奇和探险，就如童年和少年阶段；溪水继续向前流淌，充满着探索欲和征服欲，一路欢歌笑语，对融入河流充满了期待和憧憬，正如青年时代；溪水一旦汇入河流中就会和其他河流一块滚滚向前，被推搡被裹挟，不管愿意与否，只得向前，没有退路，恰如中年阶段；最后河流汇入大海，进入虚无，直至消亡在这茫茫世界，这就是老年阶段。

青春年少时是人生中美丽而多彩的阶段，是脆弱而敏感的阶段，也是充满诗意和浪漫的阶段。在这多风多雨的季节，淋湿了雨却茫然不知，采撷了花朵却傻愣半天，或者躲在无人问津的角落偷偷流泪也毫无缘由，抑或是如古人所说的，少年不识愁滋味，为赋新词强说愁。

回首青春年少时留下的脚印，我终生难忘的记忆常常被勾起。

高山是我小学五年级的男同学，调皮好动，聪明绝顶，上课不用功不专心，有时东张西望，有时爱做小动作，有时交头接耳，有时向我挤眉弄眼，伸长脖子问我不着边际的问题。我觉得他可爱好玩，每每有极钟爱的课外书，他向我索要我就会大方地借给他。我们经常相互借阅书籍，乐意分享彼此的快乐。

他给我起了一个绰号"飞碟专家"。原来那时同学们喜欢科普知识，尤其对飞碟知识最感兴趣，经常在课间谈论有关内容。有次我说我小时候生活的地方有一片树林，有人见到一团红彤彤的飞行物在上面飞过，我说那个不明飞行物可能就是飞碟，说不定有外星人在监视我们呢。高山听后，哈哈大笑，说我是"飞碟专家"。从此"飞碟专家"的绰号在同学中传播开来。这个绰号被我带到初中，经常听到男生在我后面喊"飞碟专家"，我假装没有听见。在高中这个绰号偶尔也有同学提起。

我们纯洁得如山中的小溪，说过的话如吹过的风，如鸟儿在空中飞过不留下痕迹。

那年冬天，雪下得好大，漫天飞舞，铺天盖地。教室里同学们炸开锅，高山大喊："燕山雪花大如席！张英洁！你知道是谁写的吗？"我摇头，他大笑道："笨死啦！笨死啦！"

我朝外望去，大团大团的雪花在空中狂舞，犹如一块块洁白如玉的席子自天而降。席子向外延伸，一直到远方，漫无边际，最后变成一条冰雕玉砌的大路通向仙境。整个仙境光彩夺目、熠熠生辉。

后来我们共同考上县城一中，分在同一个班级。由于原来班里的同学只有我们两个分在同一个班，并且他坐在我前面，我便觉得和他更亲近一些。那时班里男女生之间不太说话，我们也渐渐说话少了，即使有再好的课外书也没法分享。看到他津津有味地阅读他钟爱的书籍，有时还发觉他故意将课外书放在课桌上让我看到，我心里难免有些失落。我更加关注他，暗暗和他竞争，比学习，比各方面。

那时放学后我们会走同一条马路，他离家稍近，总是步行回家。我离校稍远，骑自行车，每次放学回家都会看到他一个人默默走在路上。有时我会遐想，想象自己骑着自行车从他身边擦过，无意在地上掉落一块洁白的手帕，他立即弯腰捡起，笑眯眯地走向我。我轻盈地从自行车上下来，小心地接过手帕，羞赧地说声谢谢，并粲然一笑，然后轻轻地转身离去。

每每想到这些，心里总是充满暖意，一种幸福感油然而生。每每经过他身旁我总会怦然心动，却只是悄然从他身边驰过，不留下一丝痕迹，也没有带走一丝风。看到他高大的背影越来越清晰，由远及近，我渐渐从他身旁驰过。那时，我心里有种莫大的幸福，觉得每天的太阳都是清新的，每天的天空都是透亮的，每天的花草都是芳香的，期盼时光永远那么美好，也期盼时光永远那样流淌下去。

没想到他竟然"背叛"了我。有一天放学后，在班里仅有三个人的情况下，我和好友小秋当着他的面诉说了对他同桌的不满。第二天课间，他同桌便开始了不指明且无休止的指责和漫骂。

从此，我对他心生厌恶，一股无名的怒火在心中升腾、蔓延、膨胀。因为那样的季节是不能沾染灰尘的季节，是眼睛里揉不进沙子的季节，是透明而又朦胧的季节，也是多风而又多雨的季节。

之后我们又考入同一个高中，进入紧张而繁忙的学习阶段。高二的一天，我和一位同学在教室门口说话，看见他在我面前晃来晃去许久，我心生厌恶也心生纳闷。第二天，我听同学说他已经转到另外一座城市去上学，心中还一阵窃喜。上大学时，我听同学说他考入南方一所名牌大学。再后来听同学说他得了一场大病，已经离开人世，那时他大学还没有念完。

知道这件事的几天里，我一直心绪不定，心中的忙乱说不清道不明，如吃过苦涩的青果的余味，久久在嘴里挥散不去。

一朵正待怒放的蓓蕾，花期未到，竟然遭遇病魔的摧残，应当奋然搏击时，却惨然命殒，这是何等的凄凉，也是何等的不公！

我宁愿我们是平行线，远远相望，永不相交，留下一片永远有遐想的美丽空间；我宁愿我们是陌路人，远在天涯，涂画各自的人生轨迹；我宁愿我们从不曾相识，从不曾在同一个教室里学习，却书写各自人生的精彩。

那是我人生中的一次成长经历，也是一次情感历程，许多人都有过类似的体验和感受。对我来说那是一种苦涩而又美丽的记忆，一种欲说还休的记忆。它是在我青涩的季节里结下的青涩果实。那花季的颜色是青色的，也是青涩的，还飘着丝丝细雨。

每每想起他，我仍有一丝丝遗憾和无奈。愿他在另外一个世界安康，在另外一个世界过得精彩。

最近和几位高中同学聚会，听一位同学说他转学时留下一封信，内容大意是他也许做了一些伤害同学们的事情，请同学们原谅等。那时我没有看到信，也没有听同学们说起过。对于他的早早离世，我们唏嘘一番，也叙说了他的一些恶作剧，好像在讲述生动有趣的故事。那场景仍然历历在目，只是我们没有了任何脾气和情绪，氤氤在我们周围的是温馨和融洽的气氛。

不论是友情还是爱情，茫茫人海中，能真正激起心中浪花的人少之又少，我们何不放下是非恩怨，笑对人生。人生苦短，我们能拥有美好的记忆已是幸福的人，又何必为一些无法改变的事而伤怀。

转身，回眸，一笑，风淡云清。

母　亲

八十二岁的老母亲成功地在医院做完手术，身体状况一天比一天好，我终于松了一口气，庆幸自己没有成为水中的浮萍在尘世里飘忽不定，庆幸自己还是有娘的孩子。

回想母亲那天上午在医院里动手术时，远方的我坐在办公室里神情恍惚，心神不定；上课时心不在焉，语无伦次；回到家也茶不思饭不想。我想象不出万一手术失败会怎样，也承受不住那种可怕的场景，想到此不由得眼泪模糊。

二十年前我失去了父亲，如果再失去母亲，我们姐弟就真的成了没有父母的孩子，也意味着我们姐弟老去的步伐越来越快。现在母亲渡过难关，我终于如释重负，可以安心工作、安心吃饭、安心睡觉了。

每当读到"慈母手中线，临行密密缝……"，我就想起母亲伏在缝纫机旁的身影，似乎缝纫机转动的声音也回响在耳旁。那清瘦的身影、那悦耳的声音永远定格在记忆深处，历久弥新。

那时我们生活在农村，村里人为了糊口要下地干活挣工分，母亲不用去，只需为村民做衣服，收取相应的工时费就足够了，用工时可以换取工分。

母亲比农民少下力气，但并不比他们少辛苦。由于母亲手艺好，周围几个村子的村民都愿意找母亲做衣服。母亲收取的费用不高，即使他们临时拿不出钱，母亲对他们也照样和颜悦色；有的实在拿不出钱，母亲就少收或者不收。这样母亲就更名声在外了。

记得八岁时，我和小伙伴一块去西坡刨拾社员遗留在地里的红薯。在农村我家算得上"上等户"，我跟着伙伴下地完全是为了好玩，母亲从来不让我们下地干活。我从小体弱多病，看着伙伴们在地里劳动我也不甘示弱，手里拿着小铲子像伙伴们一样卖力地刨拾红薯。看着满满的一粪箕红薯，心里乐开了花，背在肩上也有种幸福感，我想象母亲会怎样夸赞我，脸上会露出怎样幸福的微笑。

当最后一抹晚霞隐没在西天边时，我们几个小伙伴背着粪箕一块踏上回家的路。但是没有走几步，我就承受不住压在肩上的疼痛。伙伴们越走越快，为了跟上她们，我也顾不上捡拾掉在地里的红薯，好不容易走到大路，伙伴们的步伐更快了。

天上繁星点点，身后一片漆黑，风声不时吹响在耳边。我吃力地跟在伙伴们后边，感觉有千斤重的东西压向自己，也感觉有人紧跟在身后。我惊恐地回头望去，无边的黑暗吞噬了一切，疲惫恐惧袭上心头，多想卸下肩上的粪箕，或者将一些红薯扔掉，但就是舍不得，也不甘心自己的劳动成果被糟蹋。我想象着等我撑不住时会发生什么，想象小伙伴们会落下我多远。

忽然从远处传来母亲呼唤我乳名的声音，那声音那么悦耳，似飘荡在森林中的鸟鸣；那声音那么香甜，似酷暑时西瓜滋润心田；

那声音那么有力，犹如一道阳光照射进来，在空中炸开一道口子，将寒冷黑暗恐惧统统驱散。

还有一次，母亲让我和弟弟到后街去买一瓶醋。那时通往后街有两条路：一条大路一条小路。抄小路走近许多，但是需要沿河岸走一段路，那里又陡又峭，稍有不慎就有可能掉进河里。我们年龄小不知道危险，抄了近道。等我们打醋回来，又抄小路，结果弟弟不慎将瓶子掉进河里。我们两个千辛万苦地打捞醋瓶子，又商量好将混合了河水的醋拿回家去，心里惴惴地。

那时村里有个代销点，卖醋都是散装的，卫生条件肯定没法保障。母亲有一个习惯，为了验证醋的优劣，我们每次买回醋，她都会站在堂屋门口，对着瓶子左看右瞧，再对着太阳照照瓶子，然后仰头喝一口，咂摸咂摸嘴说醋味如何。

那天也是如此，等母亲尝完醋，疑惑地问我们怎么没有醋味，我和弟弟羞愧地低下头，只得实话实说，心想一定会挨揍或者挨训斥。让我们大吃一惊的是，母亲一句话也没有说，脸色惨白地坐到缝纫机旁。等长大回忆起往事，笑着问起母亲为什么当时没有训斥我们，母亲说，是醋值钱还是孩子值钱，没有掉进河里已经很庆幸了。

母亲做衣服手艺好，收了不少徒弟，有活时，她的徒弟常到家里帮忙。夏天的晚上，徒弟们经常在大门外的空地上剥麻，一边干活母亲就一边给她们讲笑话，笑声不时回响在夏夜的上空。

那时，月亮悬挂在天空，又大又圆。月光如银似水，将清辉洒向人间，地上落满斑驳的树影，白天的酷热消失殆尽，一阵风吹来，头上的树枝摇碎了一地月光，也将姑娘们的笑声洒落在地，四周的蝉吟虫唱也隐去了。母亲嘴里的笑话和故事永远没有尽头，不过我早已不再记得，但是我仍然忆得起当时融融的月色和融洽的气氛，斑斓了我的记忆，也斑斓了我童年的梦乡。

我也清楚地记得有次母亲蹲在茅坑里睡着，她的徒弟一次又一次呼唤母亲的场景。有时我在想，母亲到底劳累到什么程度才能睡在茅坑而没有被徒弟一遍又一遍的呼声吵醒。她居然也没有掉进坑上面只放了两块石板的简易茅坑里。

其实，母亲不断操劳，除了供我们姐弟上学外，还要为二舅娶媳妇。母亲十二岁时我姥姥去世了，等到姥爷也去世后，二舅就一直跟着我们生活。由于营养不良，二舅生得又矮又瘦。

20世纪70年代，大地主出身的二舅娶妻生子谈何容易！前前后后，二舅见了二三十个女孩子，最后终于迎娶舅妈到我们家。之后母亲将三间瓦房和东西厢房拱手让给二舅，告别辉煌的农村时代，来到县城，和父亲一心一意供我们上学。

我清楚地记得女方每次和二舅告吹时，母亲总会心情黯淡，脸上阴郁，甚至伤心落泪，发狠说一定要为二舅娶上媳妇。

我们举家搬到城里去住后，由于供我们姐弟上学，母亲拒绝了在被服厂当师傅的机会，专职为我们洗衣做饭。那时被服厂还是国营单位。母亲经常说只要我们努力学习，奋发上进，她吃苦受累都是小事，也是值得的。

为了让我们生活质量更高一些，母亲又为单位员工烧水。以前烧水都用煤炭，自从母亲烧水后，单位里煤炭用量明显减少。母亲不像以前的工人，把不能充分燃烧的煤炭丢弃，她会精心挑选出能再利用的煤渣，等水烧开后，再用来压锅炉底。员工都夸赞母亲勤劳节俭，为单位节约成本。其实这是中国妇女典型的传统美德，善良朴实、吃苦耐劳、勤俭持家。

母亲烧水的同时还不忘记开垦我们房屋后面的一块空地。在她的打理下，小菜园呈现出一幅生机勃勃的景象：春天有香甜的草莓，清脆的莴苣；夏天有红艳艳的西红柿，鲜嫩的黄瓜；秋天有结实细长的豆角，黄灿灿的土豆；冬天有粗壮的大白菜，脆生生的水萝卜。人们经常见到母亲在菜园里忙碌的身影，犹如飞舞在花丛中的蜜蜂。

小花园成了单位里的一道亮丽风景，员工们下班路过小菜园时经常驻足欣赏，夸赞母亲不但水烧得好，小菜园也打理得好。每当这时，母亲的脸上就会笑开花，那是母亲很美的模样，和我们在学习上取得好成绩时露出的表情一样美丽。

后来两个姐姐上了高中，大院里和姐姐同龄的男孩女孩都成了待业青年，政工科科长专门到我们家劝说父亲给两个姐姐报名待业，父亲谢过他后，说自己的孩子自己有数，孩子能考上大学。那年高考分数下来时，知道姐姐没有考上大学，父亲对她劈头盖脸地训斥了一番。姐姐伤心过度，又加上刚洗过头，在风道里一吹，从此患上头疼的病症，天天睡不着觉，头疼加剧，整天以泪洗面，母亲心疼得悄悄抹眼泪。

大院后排的一位老奶奶听说姐姐的状况，颤巍巍地来到我家，告诉母亲一个偏方：用花椒泡酒，将泡过的酒点燃，用手在上面熏烤，再用烤热的手揉搓头部。奶奶说完偏方后，安慰了母亲和姐姐一番才离开。从此，母亲有了劲头，脸上多了光彩，眼睛也变得闪亮。我经常看到姐姐伏在八仙桌上，母亲卖力地为姐姐揉搓头部，将头发搓得凌乱不堪，还不断地和姐姐说些家长里短，其间也说些宽慰的话语。这样持续了大约一个月，姐姐的头疼居然奇迹般地好了。

每到深夜，我躺在床上，透过窗子望，星星似乎在天上眨着眼睛，母亲在院子里用搓板为我们搓洗衣服的嚓嚓声久久回荡在耳边。借着灯光望着姐姐伏桌学习的背影，我心里暗暗发誓一定要好好学习，成为有出息的人，让她们以我为傲。

母亲生于 1941 年正月，大地主出身，但并没有享受到富家小姐的生活。母亲只记得她为老奶奶装大烟袋，然后点上，再送到老奶奶跟前的情景；也只记得老爷爷被绑架后，从家里运走一马车一马车的银子，老爷爷回家后气绝身亡的场景。母亲上学到五年级，在十二岁时连跳两级，但因姥姥去世，从此失去上学的机会。就因为这样，母亲始终严格要求我们姐弟，让我们好好学习，不要辜负大好时光，只要我们愿意学习她总会毫无条件毫无怨言地支持我们。

母亲的勤劳善良和坚韧，我们姐弟都铭记于心，也以她为榜样。20 世纪 80 年代，包括中专生在内升学率只有百分之四的情况下，我们姐弟四人三人考上大学的消息在县城不胫而走，大院里的人都用羡慕的眼光看着我们。父亲的眼睛和眉毛都在笑，走路好像都脚下生风。母亲也是如此，脸上始终挂着笑。

有次母亲偶然在路旁听到几个人小声议论，那个老太太长得不怎么样，却抱出一窝金凤凰！回到家，她反复说这句话，脸上也笑成一朵花。那是母亲最美的模样，也是最幸福的时刻！

虽然二姐没有考上大学，只有中专学历，但是她团结友善、乐于奉献、勤劳朴实，赢得同事和周围人的赞美和好人缘。这都归功于母亲的谆谆教导和循循善诱。我们工作后母亲常常告诫我们要努力工作，经常叮嘱我一定要对得起学生，不要伤害他们，要做一位宽严有度的老师，不能光在课堂上传授知识，要让他们学进心里去。

　　托尔斯泰曾说，幸福的家庭家家相似，而不幸的家庭各有各的不幸。但天下的母亲都是一样的，本性柔弱，为母则刚。为了养育孩子她们无私奉献，不求任何回报，用什么高尚的词语来形容赞美她们都不为过。小草都有"寸草心"，都想"报得三春晖"，更何况我们人类！

　　母亲的身体状况一天比一天良好，情绪也一天比一天稳定，现在居然能自己从床上坐起来，我们姐弟都看在眼里喜在心里。母亲这次摔倒，如果不及时动手术，就会高位瘫痪，那将没有一点生活质量和尊严。多亏弟弟的机敏果敢和临危不惧！我为母亲庆幸，也为我们庆幸。期待母亲能早日站起来，彻底恢复健康！

上善若水

李白在《将进酒》里写道:"五花马,千金裘,呼儿将出换美酒,与尔同销万古愁。"从中我们可以看到李白豪气冲天、狂放不羁的性格。柳宗元也曾写道:"千山鸟飞绝,万径人踪灭。孤舟蓑笠翁,独钓寒江雪。"此诗使人感到天地寥廓,天寒地冻,万籁俱寂,飞雪满天,在冰天雪地之中,有一位老翁身披蓑衣,独钓江鱼。此诗描写了柳宗元被贬后的心境,他的心正如冰冻的江水,那一老翁就是他自己,孤寂瑟缩在寒江之上。

苏轼在一次被贬后,曾写下这样的词句:"惊起却回头,有恨无人省。拣尽寒枝不肯栖,寂寞沙洲冷。"每次读到,我都震撼不已,理解他的孤寂、孤傲和哀怨。有时感觉自己和他似曾相识,在进行遥远的对话,尽管跨越千年。

其实这都是很正常的心境,但要适可而止,不可沉浸其中不能自拔。因为李白看得开,所以他有"安能摧眉折腰事权贵,使我不得开心颜"的豪迈;柳宗元太在意功名利禄,所以英年早逝;苏轼有大家风范,当被贬到岭南时,有"日啖荔枝三百颗,不辞长作岭南人"这样的诗句。虽说仕途坎坷,也曾一度想避世遁俗,归隐山林,但他胸襟开阔,体恤民情,始终未能如愿。

陶渊明最爱"采菊东篱下,悠然见南山"的生活,尽管他在穷病交加中死去。他的桃花源成为历代后人的向往,尤其为苏轼和辛弃疾所推崇。苏轼曾说"此所以深愧渊明,欲以晚节师范其万一"。辛弃疾也曾有"须信采菊东篱,高情千载,只有陶彭泽"的评价。

王青松和张梅两个北大教师放弃让人艳羡的职业,他们的举动令无数人瞠目结舌。在距离北京一百多公里的大山深处,王青松一家三口过着桃花源式的生活。他们隐居山林,承包土地,开荒蓄水,自耕自种,自力更生,过着恬淡幽静、衣食无忧、自得其乐的生活。为了儿子的教育,王青松夫妇正考虑是否回归社会。他们声称回归社会是为了再继续他们的"桃花源"生活。

细细想来,人活着是一种心境和心态。人活在世上最多不过百年,时间如白驹过隙。人生如梦,我们再珍惜时间,可始终留不住匆匆的岁月,恍然间我们就要老去。面对功名利禄,最好要坦然一些,寡淡一些。人生不如意之事十之八九,而真正快乐的才十之一二,如果连十之一二都抓不住,那么我们不就变得一无所有了吗?所以活在当下,抓住现有的幸福才是明智之举。

凡事要从两面或多面看待问题。由于时间、地点、人物不同,同一件事情得出的结果就会迥然不同。

上善若水,就是要求我们要像水一样生存,位居低下,但能滋润万物,恩泽四方,惠及天下。如果一个人到了这种境界,他不再会斤斤计较,睚眦必报,蝇营狗苟。可是生活在物欲横流的社会里,有时不得不蹚浑水,关键要看我们是否能及时扭转自己的心态。

人活在世上最重要的是要学会感恩，感谢我们的亲戚、朋友、同事和邻居，甚或对你有敌意的人。通过他们，我们能知道自己的不足和缺点。要想使自己成熟，必须不断改善自己。

有一个故事：苏轼与佛印两人泛舟西湖，苏轼对佛印说，佛印长了一身横肉，像一坨牛粪。他本以为佛印会大发雷霆，结果佛印却说苏轼像一尊佛。心中是什么，眼中就是什么。苏轼言语间看似占了上风，却实际落了下乘。

心中有尊佛，你看周围的事物也会是佛；心中有牛粪，你看周围的事物也会是牛粪。你的心灵就是你的一面镜子。

既然人活的是一种心境和心态，就要学会端正好心态，不要心焦气躁，遇事冷静处理，才能游刃有余。我们改变不了别人，但可以影响别人，像水一样，善利万物而不争。

孤独的美丽

人呱呱坠地后的第一次哭声，是向世界宣告他来到了这个世界上，他是独立的个体，独一无二。这也就注定他孤独地来到这个世界，最终也会孤独地离开这个世界。其实，孤独是人与生俱来的，只是有时人们没有意识到和察觉到而已。

伴随着孤独而来的是寂寞。最引起我们共情的当然要数"寻寻觅觅，冷冷清清，凄凄惨惨戚戚"的李清照。丈夫离世，颠沛流离，无依无靠，再加上国破山河在，她晚年生活凄惨，心里凄凉，寂寞难耐，怎是一个愁字了得。

苏轼在一次被贬后，曾写下一首词："缺月挂疏桐，漏断人初静。谁见幽人独往来，缥缈孤鸿影。惊起却回头，有恨无人省。拣尽寒枝不肯栖，寂寞沙洲冷。"倘若当时的他心里不凄苦、不寂寞，是决然写不出如此飘逸绝伦而又能触动人心灵深处的意境。

很多生命，尤其是习惯群居生活的动物，一旦离开群体，由于忍受不了孤独寂寞，在很短的时间内便会孤零零地死去。猴王是最典型的例子，一旦被另外一个猴子打败，一旦离开群体，在极短的时间内它就会悲惨地死去。并不是因为它受伤严重，而是由于它脱离了赖以生存的群体，不再有众星捧月般的拥护，心理落差太大，失去了精神支柱而已。

就人类来说，现在人们的精神生活相对丰富，可以上网、读书、看报、旅行、聊天和交友等，很多情况下能摆脱孤独的束缚。

对修养高的人来说，孤独反而是一种境界，这样他们才能察觉到别人遗漏的东西，捕捉到别人忽略的信息，把握时代脉搏。一个人只有处于孤独时，才能静心思考，潜心研究，最后有所突破。宁静致远，说的就是这个道理。

老子曾任周朝的守藏室史，晚年见周朝日益衰微，隐于函谷关，始有《老子》之书。此书具有朴素的辩证法，主张君王柔弱处下，无为而治，虽说仅有五千余字，但对中国哲学的发展有着深远的影响，现在也越来越受到外国人的喜爱和推崇。

由于李陵案件的牵扯，司马迁遭受宫刑，他苟且偷生，忍辱负重，长年忍受孤独寂寞，用血泪写成名垂青史的《史记》，最后他的结局却不为人所知。

伴随孤独来的是忧愁。唐朝诗人张若虚在《春江花月夜》里有"白云一片去悠悠，青枫浦上不胜愁"这样的诗句，此句写出游子思归以及相思带来的惆怅。李商隐《夕阳楼》里的"花明柳暗绕天愁，上尽重城更上楼"，描写了他无依无助、两头受气的凄婉。李煜《虞美人》中"问君能有几多愁，恰似一江春水向东流"就更美妙了，写出一代君王的凄苦哀愁，意境尽管伤悲，但透着霸气。

伴随孤独来的是孤傲。大诗人李白曾有"古来圣贤皆寂寞"的诗句，表面上他潇洒豪迈，器宇轩昂，其实他是寂寞的。他写出"我本楚狂人,凤歌笑孔丘",那是因为他恃才傲物。苏轼也有"大江东去,浪淘尽,千古风流人物"的诗句,从中也能看出他傲视群雄的狂放。

孤独,容易使人高处不胜寒,而这也可能使人从中体会到万籁俱寂的美感和超然。从王维《鸟鸣涧》"人闲桂花落,夜静春山空。月出惊山鸟,时鸣春涧中"的句子里,能体会到他虽身处山间,寂寞孤独,却给人一种清新明快和恬淡超然的意境。

英语中有两个单词"alone"和"lonely"。"alone"的意思是"单独,独自",而"lonely"的意思是"荒凉的,孤独的"。有一个英语句子:He lives on a lonely island alone, but he doesn't feel lonely. 此句话的意思是:他独自住在荒凉的岛上,但并不感到孤独。单独、孤独和寂寞的含义是不同的。一个人独处不代表他寂寞和孤独;一个人的寂寞可能是由独处造成的,但不表示他孤独;一个人孤独也不表示他是因独处而寂寞,可能他内心孤单。面对千万人狂欢的热闹场景,一个人不孤单,也可能不寂寞,但不一定不孤独。

对一些人来说孤独也许并不可怕,但对有些人来说,孤独是可怕的,甚至他们觉得是毁灭性的打击。柳宗元"千山鸟飞绝,万径人踪灭。孤舟蓑笠翁,独钓寒江雪"的诗句,我们都不陌生,其实这反映了当时他被贬的心境。由于他太在乎功名利禄,结果英年早逝。

以前父亲在世的时候,虽说官职不大,但是他内退后,最初几年很少出门。在我们不断劝说下,到傍晚他才愿意出去散步,而这也花费了父亲很长的时间去适应。

空虚也会和孤独相伴而生。有些人整天无所事事,虚度光阴,白了少年头;有些人表面上过得风光无限,其实宴席散后,他们内心更为孤独寂寞空虚。

如何排解孤独？有知音当然再好不过了，但是自古知音难寻，可遇而不可求。大多数人的夫妻或者朋友可能在情感上能给以慰藉，使他们不孤单不寂寞，可很多情况下并不是如此，有人内心孤独也就在所难免。

培养自己的兴趣和爱好是排遣孤独的最好方式。一旦拥有了爱好，一个人就会将精力放在自己喜爱的事情上，无暇再顾及其他。比如可以读书、打球、弹琴、下棋、唱歌、跳舞、写字、画画和钓鱼等，只要不偷不抢，只要给自己带来愉悦，只要自己的快乐不是建立在别人的痛苦之上，选择什么样愉悦自己的方式都可以。这样不但能陶冶情操，有助于身体健康，还能创造和谐温馨稳定的社会。说不定，还能凭借自己的兴趣爱好做出一番事业，我们何乐而不为呢？

敬畏生命

我曾读过一篇文章，大意是说达尔文把生物进化过程设想成一棵不断生长出分枝的大树，现存的所有生物都位于某分枝的顶端，很难说哪一种更高级，人类只是进化之树上的一个普通分枝而已。此观点到现在很多人都无法接受，但这不会影响此设想的不同凡响。

当北极旅鼠意识到自己种类数量过多时，其中一部分颜色会变得极为鲜艳，要么让自己被天敌吃掉，要么集体浩浩荡荡冲向北冰洋溺水而亡。它们对种类生存空间的忧患意识甚至比人类要强得多。

一位怀孕不久的老鼠腹部长了个肿瘤，为了能生下孩子，它忍着巨大疼痛艰难地吃饭。后来孩子出生了，为了能养活孩子，它仍然艰难地吞咽食物，再后来腹部的肿瘤越来越大，它无法进食，奶水越来越少，看到嗷嗷待哺的孩子，它竟然将腹部的肿瘤撕扯下来吞吃掉。等小老鼠能独立生存的那一天，老鼠妈妈终于安详地闭上了眼睛。

老鼠的故事让我泪流满面，我深深被老鼠妈妈的爱心震撼。原来不光人类有爱，动物也有爱。母爱是无私的，是神圣的，这是生命延续的根本所在。

曾在电视里看过很多期《动物世界》，其中有两期使我震撼。一期是鳄鱼妈妈充当保育员照顾她周围所有鳄鱼宝宝的故事。每当鳄鱼繁殖季节来临，为了生存，鳄鱼妈妈会在一个水塘里单独照顾自己的鳄鱼宝宝。由于天气炎热，水塘干涸，许多小鳄鱼相继死去，鳄鱼妈妈无奈，只得带领小鳄鱼搬家。在路上，她会照顾所有小鳄鱼，直到平安到达目的地。看完那期节目，我心里久久不能平静。

另一期节目讲的是一只流浪狼的故事：由于某种原因，一只年轻母狼离开了狼群，她一直流浪，后来终于找到了自己的群体。流浪狼幸福地做了母亲之后，母狼首领竟活活地咬死她的三只小狼，然后留下另外两只小狼作为自己小狼练习捕杀对手的靶子。在很短的时间内，剩下的两只小狼也死去了。这只母狼看在眼里气在心里，却忍气吞声，最后，她不愿低声下气地生活在群体里，又形单影只地到处流浪。后来两只年轻公狼接纳了她，虽然他们以后会面对新的挑战，却过得快快乐乐。

由此，我想到人类。人类社会明争暗斗的局面不少，有时也会互相伤害。在这方面，所谓高度文明的人类和动物又有何区别呢？

地球是人类的，也是其他所有物种的。我们人类要学会和其他生物和睦相处，要取之于大自然，回报于大自然。面对娇艳欲滴的鲜花，请你手下留情，让其自然开落；面对自然界鲜活的生命，希望你佛心大发，让其自由生长；面对危害世界和平的人，希望你勇敢地站出来捍卫人类的尊严！

生命很脆弱，一旦失去就再也不会复生。我们要热爱生命，敬畏生命，每个生命都是弥足珍贵的，都是独一无二的，也都是神圣不可亵渎的。别像有人曾说的那样，如果人类过于掠夺大自然，地球上剩下的最后一滴水，也许将是人类的眼泪。

无奈的选择

母亲节刚过，我很后悔没给母亲打电话，没祝她老人家节日快乐，心里安慰自己母亲知道我工作忙，不会介意的。第二天晚上与舅母通电话时，无意中知道母亲生病的消息，我的心悬起来，看看表已是深夜十点多，恐打搅母亲休息，只好耐住性子熬过无眠之夜。

次日，我与母亲通电话。等问及母亲身体状况时，电话里传出来颤巍巍的声音，我似乎感到母亲有事隐瞒我，电话里她一直告诉我她身体好吃饭多，等等。

我不放心，又给姐姐打电话询问此事。姐姐说母亲腹部长了个肿瘤，需要立即动手术，医药费由她和弟弟承担，并说高考在即，怕影响我这位带班老师的情绪，暂且对我保密，不想我还是知道了，又叮嘱我不要去济南探望母亲。本来满腹牢骚的我也如瘪了的皮球。她又说母亲讲孩子是父母的希望与寄托，不要耽误人家孩子的未来……没等她说完，我的眼泪早已如断线的珠子。我所做的也只能是默默地听从，郁郁地服从她做下的安排，深深地体会到他们的一片苦心，同时也内疚自己没有尽到孝心。

在晶莹的泪光中，我仿佛又看到父亲英俊睿智的脸庞，聪慧深邃的目光。父亲已去世五年，冥冥中我似乎觉得父亲仍然和我们生活在一起。以前每到春节，我们姐弟总会聚集在宁阳和父亲一起打扑克，有时打到深夜，父亲仍然精神抖擞，乐此不疲。朗朗的笑声传得甚远，似乎深夜的寒气在我们的感染下变得温馨祥和。天上闪烁的星星更亮更大，将清辉无私地倾泻下来，陪伴不知疲倦的我们。

自从父亲去世后，我们姐弟都不约而同地更多地去关照母亲，说话也多一份克制，唯恐触动她那颗历经沧桑而又脆弱的心。母亲也似乎变了一个人，又和蔼又宽厚，再也没有以前的尖锐冷漠。其实也难怪，我们姐弟尚小时，父亲不顾家，母亲不严厉、不要强怎么能含辛茹苦使我们姐弟成才？也许承袭了母亲的秉性，我们姐弟个个要强。

姐姐作为家里的长女，更显现出要强的个性，在财力、阅历各方面都优于我们。记得上大学时，同学们都羡慕我有个体贴入微、乐于奉献的姐姐。那时为了减轻父母的负担，我上学的所有费用都是姐姐为我提供。我自己也庆幸能有两个善解人意的姐姐及豁达开朗无私的弟弟。二姐在北京进的计算机都是弟弟任劳任怨不辞辛苦为她提供的，我买房的费用也是弟弟为我垫付的。有时我很内疚，总觉得自己这个做姐姐的亏欠弟弟许多。

人活着有很多无奈，有失去亲人的无奈，有工作不尽如人意的无奈，也有被亲戚朋友误解的无奈等。现在任高三班主任的我更是如此，为了学生我付出太多太多：丈夫工作也忙，家中常常无人做饭，孩子生病无人照看，年老多病的母亲没时间陪伴。这一年我所受的委屈、所经历的苦难超过前半生加起来的总和。

有时我劝自己不要太认真，可是我所做的工作是需要认真和付出的。作为园丁，我要做的是浇水、施肥和剪枝，我无怨无悔。我盼望花园冬天有生命酝酿，春天有百花争艳，夏天有生机昂然，秋天有累累硕果。

抹去泪水，我安慰自己，在这十余天里，我要让我的学生们面带微笑地步入考场，走向人生的辉煌。我遥祝远方的母亲尽快康复，近在咫尺的学子心想事成、梦想成真。想到此，我感觉自己犹如注入新鲜血液，沐浴在朝阳中，迎接新一天的到来。

今宵难忘

这个暑假，我们组织了大学二十年同学聚会，到场的人数众多，气氛热烈，大家聚在一起笑谈老师们的逸闻趣事，回忆同学们情窦初开的羞涩。这次同学聚会，虽然我是策划者，但是班长和小吴的贡献最大，尤其小吴为预订酒店、设计纪念品、制作同学老照片等事宜忙前忙后，着实辛苦，可她仍然乐此不疲，默默为大家发光发热。

上大学时，我和小吴住在同一间宿舍，对她了如指掌。她是那种做事严谨认真、极端负责、干脆利索的人，内敛而又优秀。上学期间，只要班里或宿舍里有什么事，我总会委托她去做，她总能做得又快又好。

那时，我虽不是文娱委员，但几乎每次文艺晚会，我都是节目主持人。也许物换星移，人已经没有以前的心气了，这次班长提议让我当节目主持人，我却了无兴致。在班长的一再坚持下，盛情难却，我只好又重操旧业，和小崔主持了这次有三十余人（包括孩子和家属）参加的大学同学聚会。小崔不再是以前不善辞令羞答答的青涩青年，而是伶牙俐齿、口若悬河，越来越有阳刚之气。我们还邀请了几位老师，不过只有徐老师参加了这次聚会。徐老师越发显得年轻和稳重。

果然不出所料，这次小吴策划的同学聚会仍旧很圆满。那天晚上七点，聚会准时在酒店举行，大厅里悬挂着"同学二十年聚会"的巨大横幅；横幅下面有一块大幕布，幕布前面设有投影仪，还有专门的操作员、电脑和话筒等。

我和小崔在愉悦的氛围中结束开场白，然后随着舒缓的音乐，通过幕布上呈现的老照片，把大家拉回到二十年前的情景：大家都穿着过时的衣服，脸上透着稚嫩，透着对未来的渴望，洋溢着微笑。屏幕上出现了我们游览灵岩寺和徂徕山的照片，那时我们临近毕业，照片里同学们的神情中已透露出沉着和稳重，老师们则笑得一脸灿烂。

同学们看到照片，惊愕不已，继而大笑不止。放完照片，气氛顿时活跃起来，笑声朗朗，此起彼伏。在徐老师的祝酒声中宴席开始。一时大家觥筹交错，笑语盈盈。

酒过三巡，大家的话语多起来，都是对从前美好时光的回忆。时间在这种温馨祥和的氛围中欢快流淌，情谊在这种愉悦的氛围中悄然滋长。

人生如梦，梦如人生，转眼间我们已经走过二十年。这二十年里，我们有欢笑，有痛苦，有感悟，有对人生的执着追求。恍然间我们已经进入不惑之年，对人生有了更新更深的理解。是岁月将我们磨砺得超然和淡定，才使得我们闲看云卷云舒，花开花落。

爱过，恨过，无怨无悔；看穿，看破，云淡风清；人间沧桑，胜似闲庭信步。

在聚会期间，我让大家就人生意义和价值述说各自的看法。有的说活着就有价值，有的说家庭幸福就有价值，有的说吃好喝好玩好工作好就有价值，还有的说拥有爱情友情亲情就有价值等。大家都没有年少时那般高调，只是在自己的岗位上尽心尽力、尽职尽责。其实，只要珍惜自己所拥有的，学会感恩，学会热爱自己的家庭，热爱自己的国家，这就是人生的意义和价值。

前几天，我看过一篇文章，作者说《红楼梦》里的贾宝玉活着就是一个废物，空有一个好皮囊，没有任何一点价值。我不明白这位作者为什么要说这样的话语。一个人来到这世界，怎么才算活得有价值呢？有价值与没价值，这都是相对的。

蝉为了两三个月的光明竟然在泥土里生存十余年，谁能说它们来到大千世界没有任何价值？蜉蝣可以说是寿命最短的昆虫，从变为成虫到死亡，不到一天的时间，甚至只有几个小时，谁能说它们没有生存价值？这是大自然赋予它们的生命，它们都有存活的权利，更何况集天地精华于一身的人类。我们人类也是大自然的一部分，人人都有生存的权利，这不以一个人的好恶为转移。人生的长度在历史长河中不值一提，苏轼曾慨叹"寄蜉蝣于天地，渺沧海之一粟。哀吾生之须臾，羡长江之无穷"。

同学们在一块儿，没有太多市侩气，没有太多铜臭味，大家都感觉轻松自然，不需要伪装，也没有太多顾虑，所以容易唤起人最本质的东西，容易唤回人的天性，更容易引起大家的共鸣。

天下没有不散的筵席。尽管我们依依不舍，尽管我们还有太多的话要说，同学们还是要说再见了。聚会在《难忘今宵》的歌声和徐老师的祝福声中结束，我们都还期待着二十五年、三十年再聚会。大家带着祝福、带着留恋依依惜别。

墨香袅袅

提起书法，我就感到汗颜，因为我写的钢笔字从来不敢登大雅之堂，尤其在众目睽睽之下我更不敢写字。有时自我安慰，反正自己教的是英语，在传授学生知识时，在黑板上少写汉字就是。有了阿Q精神，就给自己找到借口，练字只是自己一时心血来潮而已。字无百日功，我却从来没有坚持练习写字，于是我的书法也从来不敢恭维。

记得多年前，我和丈夫还有同学王某去某城拜访颇有名气的画家杨大爷，他热情地接待了我们。那时杨大爷已年近七十，慈眉善目，举止优雅，侃侃而谈。杨大爷的言谈举止，展现出了人的心境只有到达一定境界才会有的超然。

临别时，杨大爷专门为我画了一幅《风雨青竹图》，又书上我的名字。适值小雨飘飞，润物无声，满院花草生机盎然，竹子葱翠欲滴，婆娑起舞，摇曳生姿。从此我对竹子、细雨和毛笔字多了一份感情。当时怀着女儿，我甚至想用带"竹"的字为女儿起名。

这次去看望姥姥，我又拜访了杨大爷，他送给我一幅《竹林七贤图》。杨大爷对我说，一个人如果做学问，就不要将过多心思用在交际上，要用在学问上；也不能总是夸夸其谈，要淡泊名利，才能宁静致远。

后来同学王某知道我拥有此画时，吃惊地说，他已经向杨大爷索要过多次，但都无功而返，笑着让我送给他，我也笑着假装没有听见。

从那时起，我就对国画和毛笔字产生了浓厚的兴趣。丈夫受我的影响，也对毛笔字产生了兴趣。他常常拿出毛笔，研好墨汁，将宣纸铺开，或做思考状，或沉着稳健一笔一画地操练，或挥笔疾书如游龙戏水。不论隶书、楷书、行书、草书，他都练习得很认真。他说自己的终极目标就是练就经石峪的摩崖石刻。有时我嘲笑他几句，但更多的是鼓励他。丈夫习字时，我经常会到桌旁去瞧瞧他写的字，即使不到桌旁，也会坐在沙发上，品一口香茗，此时墨香袅袅升腾，再读自己钟爱的书籍，更会神清气爽，心旷神怡。

由于丈夫经常习字，潜移默化中，我能辨别出篆隶楷行草，也能辨别出一些书法家的字体。王羲之的行书，如行云流水，飘逸深远；毛泽东的草书洋洋洒洒，能窥见伟人的精气神，豪迈、霸气、狂放都能真实地显现出来；张旭不愧为草圣，他的草书潇洒飘逸，收放自如，意境深远，变幻莫测，使人荡气回肠，拍案叫绝。

不管何种字体，都能给人以美感。篆书，端庄、俊美、大气，犹如开窗展现在眼前的巍巍泰山；隶书犹如一位初长成的少女，脱俗而不妖；楷书如待嫁的妙龄女郎，含蓄而不外露；行书如游刃有余的少妇，洒脱又张扬；草书如知天命者，收放自如，洒脱飘逸，正像孔子所说的"七十而从心所欲，不逾矩"的境界。

　　乔迁新居，来拜访的亲戚朋友无不称赞我的新家有书香之气。因为客厅一面墙上挂有一幅杨大爷绘制的山水画，另一面墙上挂有一幅书法作品，茶几上添置了几盆兰花，沙发上的靠垫是兰花图案，窗帘上也印有兰花的图案。靠垫和窗帘均以浅色为基调，配以深咖啡色材料的装修，不富丽堂皇，但整个房间古朴典雅、清新怡人、不落俗套。

　　拉开窗帘，古老的泰山赫然呈现在面前。试想面对泰山，墨香袅袅，再品香茗，花香弥漫房间，这是何等的境界！不似神仙胜似神仙。很可惜我不是山水画家，如果是，我一定会用手中毛笔绘就泰山，将它的神韵、古老、沧桑、大气磅礴淋漓尽致地描绘出来。

　　现在我明白杨大爷的话，不管做任何事必须耐得住寂寞，潜心研究，静心思考，才能有所感有所悟，才能在某方面有所造诣。

残缺的美丽

前一段时间，我在电视上看到一档节目。一位美丽的女士风轻云淡地述说自己的遭遇：她身患乳腺癌，做过切除手术后，医生明确地告诉她，还有一年时间她就要告别这大千世界。这位美丽的女士在叙述自己的遭遇时表现出来的坦然，好像不是在说自己而是在叙述与自己毫不相干的人似的。最让我感到不可思议的是她的丈夫由于她的残缺（切除两个乳房）竟然离她而去，而她表现出来的镇定却使我久久难忘。

直到现在我也不知道她的名字、她的家世，然而她的美丽、她的坦然、她的豁达，我仍历历在目。

当我写这篇文章的时候，也许她已经离开了这个世界，也许她仍在与病魔进行殊死搏斗，也许上天有眼的话，她奇迹般地康复了。或许她去做了自己想做的事情，或许她在自己喜爱的领域里做出一些成就，或许她又找到了自己的白马王子，过得幸福快乐。我用一颗虔诚的心祈求上天：如果她现在还活在人世，愿她幸福快乐每一天；如果她去了天堂，愿她在天堂里开心快乐。

那位女士在我眼里如同断臂的维纳斯，永远是美丽的，美得心碎，美得凄厉，美得忧郁。我佩服她的坦然她的冷静。而这需要多大的勇气和胆识！这不是一般人能做到的。如果世上每个人都能像她那样，面对挫折不气馁，面对死亡不畏惧，那又有什么困难是克服不了的呢？

家庭是构成社会的最小细胞，是微小的又是伟大的，影响着社会的方方面面。"家和万事兴""修身齐家治国平天下"，这些话都说明家庭在社会中的重要性。如果一个人连自己的家都不要，他怎么还有立足之地？面对身患重病、即将离世的妻子，丈夫应该尽到自己最后的义务，勇于承担起家庭的责任，而不是袖手旁观，甚至通过离婚来逃脱自己的责任。

人活在世上，要经历许多风风雨雨。不论遇到什么样的困难，我们都不能抛弃做人的底线。海伦·凯勒的事迹留给人们许多思考，鼓舞了一代又一代人奋起和抗争；张海迪身体有残疾，但是她身残志坚，她的坚强也曾经鼓舞过很多人。

残缺的人能做到的事情，我们正常人更能做到，我们不能做那种身不残而心残的人。一个品德高尚的人，能影响带动周围一批人；一个低级趣味的人，也能影响周围一片人。我们应当从自身做起，培养自己的高尚情操，这样才能弘扬正气，才能使社会健康发展。

万物为刍狗

老子说："天地不仁，以万物为刍狗。"此话的意思是老天不偏私，对待自然界万事万物犹如对待祭祀时用草做的狗一样。

也许很多人对此话不理解，因为人类自认是万物之灵。《庄子》里有："毛嫱丽姬，人之所美也；鱼见之深入，鸟见之高飞，麋鹿见之决骤，四者孰知天下之正色哉？"在人们看来，毛嫱丽姬是美女，可是在鱼鸟麋鹿看来，这两位美女却是怪物。

其实人类和万物都是自然界的一部分，没有高低贵贱之分，但对于"自贵而相贱"的人们来说这简直是荒谬至极。英国生物学家达尔文认为人类只是动物的一个分支而已。老子、庄子和达尔文的观点不谋而合。

以前人们都认为其他动物无意识、无感情、不会使用工具，其实不然，动物也很有智慧，知道团体合作，还能配合默契。

海洋里最聪明的海豚知道团体协作，它们集体将鱼群赶到近水海域后，利用尾鳍在海底画圆圈来搅动泥沙，被搅起的泥沙犹如烟幕将鱼群团团围住，一些鱼惊慌失措，纷纷跳离混浊的海水以进行突围，这时海豚便可大快朵颐。海豚还和一些地方的渔民一块捕鱼，渔民只需站在岸边举起渔网，海豚们从海里将鱼群驱赶到岸边，渔民便可以获得进入网中的鱼，海豚则可以吞食逃向海中的鱼。渔民与海豚互利互惠，资源共享，和谐有序。

某地有一种蟾蜍，母蟾蜍将卵产到水里后，其中一只蟾蜍留下来照看所有孵化出来的小蝌蚪。天气越来越热，生活于浅水域的一些蝌蚪由于缺乏赖以生存的水资源，生命危在旦夕，这时留下来的蟾蜍用自己的四肢奋力扒开一段通往深水的河沟，河水源源不断流向浅水，蝌蚪化险为夷，纷纷游向深水区，又能快乐地生活。这就是动物的智慧，它们凭借这些智慧，才能生存，才能填饱肚子，才能繁衍不止。我们人类也是如此。

动物们不但有感情，而且感情丰富，尤其在哺育下一代时，对子女的那种慈爱和呵护不逊色于人类。它们的大爱有时也让人类汗颜。

在一部记录动物的影片里，有一只母环尾狐猴生下的小猴子有残疾，它不能像其他小猴子一样紧紧抓住母亲，母亲也没有能力怀抱孩子。当同类纷纷迁移时，母猴看看离去的同类再瞧瞧无助的孩子，它一会跑向同类那边，一会又奔到孩子身边。孩子只是伏在地上，乞求地望着母亲。母亲就这样反反复复五六次重复着同样的动作，最后三步一回头地离开了。否则时间长了，它就会被同类驱逐。

我的心隐隐作痛，猴子母亲的那种无奈无助、依依不舍和哀婉凄凉，无不让人为之动容。这就是母爱，是动物间的大爱，没有这种无私高尚的爱，动物不会生生不息。它们这种大爱和人类没有什么不同。

南美洲有一种猴子会使用石头砸开坚果，享用美食；中美洲有种猴子会使用千足虫涂抹身体，用来防止蚊子叮咬；非洲的大猩猩既会使用木棒猎杀猴子，也会用小树枝采食蚂蚁。当看到孩子用草茎往蚂蚁窝里探寻蚂蚁时，成年大猩猩会耐心地教孩子用合适的树枝去捕捉蚂蚁。动物的传承不像人类那样需要兴办学校才能传授，它们只是潜移默化、耐心细致地将自己的技能传授给下一代，其他物种也在默默沿袭着前辈们传承下来的智慧和经验生活着，只是一些人没有意识到而已。

我们人类有语言有文字，人类的智慧得以保留、传承和突破，科学技术才得以突飞猛进。到目前为止，我们还很难断定其他动物是否有语言，但是每一个物种都以自己独特的方式或大或小地影响着我们的地球。

有些人一生碌碌无为，不知不觉便到垂暮之年，他们当然也意识不到人生的价值和意义。就这个问题我曾经在大学同学聚会上让同学给出自己的解释，众说纷纭，但大家的共识是活着就要做到心中无愧。

季羡林给出的解释是人生的意义在于传承。高级动物存在于地球有数千万年历史，它们之所以生生不息是因为生命的延续、经验的累积、智慧的传承和自我的超越。其中维系传承的桥梁是心中滋生的大爱，有了它生命才犹如盛开的奇葩摇曳多姿，才会大放光彩。

低级动物也有自己的生存智慧和策略，否则就会被大自然无情淘汰。地球上一些动物有忧患意识，比如北极旅鼠意识到自己的物种数量多到一定程度时便会自我毁灭，要么集体浩浩荡荡游向北冰洋溺水而亡，要么让天敌消灭掉。

以前地球上曾发生过动植物大灭绝，那是不可抗拒的力量使然。由于现在人类对地球过度破坏，造成气候变暖，气候变暖又会引发动植物一系列的变化，这些变化对一些物种有可能有着毁灭性的打击。不管人类社会如何发展，如何改变地球面貌，地球仍然会屹立不倒，不会影响其实质，但是环境的破坏却会对人类造成不可估量的影响。

地球是所有动植物共同的家园，我们有责任和义务来共同保护我们的家园，这是我们刻不容缓的使命。

新居交响曲

　　刚刚乔迁新居那会儿，所见尽是新气象新天地，我异常兴奋，可是住时间长了，才发觉凡事有利有弊。正像有同事所说，由于住的是同一个单位的房子，下班见到的还是上班见到的同样的面孔，没有新鲜感。

　　大院内容积率低，楼间距小，人们可以直接对话，这样倒省去了不少电话费。谁家的人要是大声说话，邻居们都能听得一清二楚，隐私少得可怜。一号楼以及三号楼和它俩前面的楼，楼间距仅十米左右。远远望去，中间只有狭长的一片天。再看看路两边停放着的密密麻麻的私家车，更给人添堵。

　　刚开始住进大院，我总觉得有种压抑感，二号大楼似乎是一面悬崖峭壁，大有直向面门压来之感。每次走过二号楼，我都感觉头皮发麻，脊背生凉，惴惴不安，大气不敢喘，生怕它压向自己。不过现在我已经习以为常。

　　由于面对街道，新居最大的特点是吵闹。每当傍晚，街道东边桥头上一些老年人做操的音乐比自己家开的电视还响，声音不绝，声声入耳。我也试图培养自己的审美情趣，可实在是做不到。

大院内最令我欣慰的是通向学校东路两边的樱花树。每当春天来临，樱花犹如朝霞落入人间。樱花花期长，有时达二十余天。但见樱花一树树、一枝枝、一朵朵，探着头、张着嘴、露着牙、藏着笑，肆意怒放，沁人心脾，远看犹如一盏盏小灯笼挂满树枝，将大院渲染得生机勃勃，灵动鲜活。看着那些鲜艳欲滴的花朵，恨不得自己也变成花朵和它们一块怒放。尽管没有蝴蝶蜜蜂穿梭其间，仍引得人们驻足停留，流连忘返。许多儿童在樱花树下嬉戏打闹，甚至颇有情调的两三位同事踩着铁栏杆，笨拙地高举相机摄取最佳镜头，为樱花定格永远。

等到樱花树落英缤纷时，更让人愉悦。春风吹过，天上落下的不是晶莹剔透的雪花，而是鲜艳粉嫩的花瓣雨，纷纷扬扬，比雪花更有情调，也更让人遐想。地上落下的花瓣，如锦缎铺展开来。看着如此粉嫩的花瓣，真舍不得将它们踩在脚下，生怕惊醒它们香甜的梦乡，伤害鲜活的精灵们。

梧桐花也不甘寂寞，虽没有樱花的娇艳，但也有自己独特的魅力，摇曳在风中，恣意宣泄自己的芳姿，甜丝丝的香味弥漫开来，浸染整个大院。两棵梧桐树犹如一对恋人相拥相依，巍然挺立在二号楼前。树冠状如大伞，直刺天空，让人们乘荫纳凉，遮风挡雨。就凭这两道风景，我也不再抱怨少得可怜的绿化了。

新居虽然有些吵闹，但是房间宽敞明亮，窗明几净，大大减去一些不舒适。客厅面向街道，整面墙壁上部由中空玻璃组成。拉开窗帘，窗子变成超大号电视机屏幕。鳞次栉比的高楼错落有致地涌入眼中。

泰山赫然呈现在面前。我不由得想起北宋曾公亮《宿甘露僧舍》："枕中云气千峰近，床底松声万壑哀。要看银山拍天浪，开窗放入大江来。"我是"开窗放入大山来"。

岿然不动的泰山是永远不变的剧中背景，只是随着不同时间不同季节不同天气，呈现不同色调。这样不会因为单一而使剧目单调乏味。

春天，泰山先由沉寂的墨绿转换为浅绿，之后再变为新绿，最后变为深绿，呈现在人们眼前的是一幅勃勃生机图；夏天，整个泰山葱茏一片，呈现给人们的是一幅写意深绿图；秋天，泰山展现出最美的画卷，颜色变化多端，时而深绿，时而浅黄，时而深黄，时而浅红，时而深红，让人百看不厌；冬天，泰山黑魆魆的，没有多少生机，但是每当雪花飘飞之际，它又显得圣洁高雅。

泰山一天的变化也各不相同，晨曦微露或夜幕四合，泰山显得稳重深沉，尤其烟雾迷蒙时，更给人一种神秘感。晚间观看窗子这个"大屏幕"，景色最为壮观，不同彩灯装饰的大楼呈现在面前，美轮美奂，尤其是宝龙大楼犹如一颗夜明珠，屹立在东方，熠熠生辉。

泰山和大楼只是剧中的背景，现在将焦距调短，我家客厅对面的部队驻区便呈现在眼前。几排红瓦房坐落其间，靠近街道的一座旧楼被拆除，推土机、挖掘机将地面铲平后被搁置起来，狼藉不堪，杂草丛生。但是前面的东西大路已经修得整整齐齐，从我家客厅便能将对面街道上来来往往的车辆和行人一览无余，人们都行色匆匆。

不同演员天天演绎着不同角色，没有主角却有忠实观众。一天，一个女孩急匆匆朝西走去，脑后的马尾辫有节奏地甩过来甩过去。尽管我看不清她的面部表情，但我相信她一定一脸阳光，满眼灿烂。

我赶紧叫女儿去看那个女孩，女儿看过后笑弯了腰，在客厅里模仿那女孩，将头扭过来扭过去，头发不停地乱颤。

去年夏天，几场雨过后，对面闲置的土地上杂草疯长。一个星期六上午，我朝对面望去，看到一个老头儿头戴草帽，坐在马扎上怡然自得地四处张望。空地上几只大山羊悠闲地吃草，不时甩动尾巴，唯独两只小羊羔耐不住寂寞，在人行道上追逐打闹。这种宁静和安然在城市里少有，我感觉自己仿佛置于田园山色中。这种画面如果能被永远定格上色该会多么美好！忽然两只小羊羔同时面对面直立起来，彼此对视，然后再弯头冲向对方，头紧紧顶撞在一起，各不相让，双方都在拼命用劲蹬住后腿。它们对峙了一段时间后，停下来，然后再重复同样的动作。我把丈夫和女儿喊过来让他们一饱眼福，他们两个都笑得前仰后合。

现在情况大变，对面正在建造楼房。推土机、挖掘机忙碌完，大卡车和拖拉机粉墨登场，晚上不断运送石头和石子直至深夜，之后工人安装起两架大吊车，接着便开始忙忙碌碌地工作了。对面一天一个样。

大吊车的作用非同小可，以前人们主要靠力气才能建造房子，现在大部分工作全都由机器完成，工人们不再像以前那样需要高强度地劳动。这是时代和社会的进步，我由衷地为他们感到高兴。每当大吊车向我这边转过来时，我感觉自己就像看 3D 影片一样，吊车甚至触手可及。三月份仍然春寒料峭，一些工人午饭后和衣睡在土堆上，什么也不盖，他们整天历经风吹日晒，忍受严寒酷暑，有的连最基本的生活保障都没有，家徒四壁，生活拮据，很让人感慨。正是这些人才使得人们有高楼大厦住，才使得人们生活和谐有序，才使得城市处于正常运转中。难道他们不值得我们敬仰吗？其实社会只有分工不同，没有高低贵贱之分！

社会是一个整体，由各行各业组成；社会是一个大舞台，由不同演员组成；社会又是一个大熔炉，将世间万象融为一体。人们各自独立，之间又有千丝万缕的联系。

瑕不掩瑜，我还是比较喜欢自己的新居。心想等女儿考上大学，如果我不再喜欢这里，就搬出去住。

逝者如斯

　　子在川上曰："逝者如斯夫，不舍昼夜。"朱自清也曾写："洗手的时候，日子从水盆里过去；吃饭的时候，日子从饭碗里过去；默默时，便从凝然的双眼前过去……"于是我感到时间的匆匆，察觉到自己面临着危机。

　　上学读《红楼梦》时，读到"桃李明年能再发，明年闺中知有谁"及"一朝春尽红颜老，花落人亡两不知"的诗句，我曾嘲笑林黛玉太过多情，心想正值豆蔻年华，竟然如此感伤，纯属无病呻吟。可是随着时间的推移，我越来越感慨时间的无情和自己的无奈。这和张若虚的"江畔何人初见月？江月何年初照人？人生代代无穷已，江月年年望相似"有着相似的意境，这里的感伤需要人仔细体会揣摩，让人恨不得融入春江花月夜中，即使立即死去也心甘情愿。这些诗留给人的是缠绵、凄美和哀婉。

　　三国演义开场词"滚滚长江东逝水，浪花淘尽英雄。是非成败转头空。青山依旧在，几度夕阳红……"使人感觉辽阔、苍茫，也有些无奈；毛泽东曾有"人生易老天难老，岁岁重阳。今又重阳，战地黄花分外香"的诗句。他的诗充满了乐观和积极向上的心态，于是才有了"战地黄花分外香"的情调，但是这世间一切最终都会"古今多少事，都付笑谈中"。

对于时间的无情，年华的易逝，不同人有不同的对待方式。有人及时行乐，有人扼腕叹息，有人不急不躁，默默做着自己能做的事。面对这些无奈，李白发出"人生得意须尽欢，莫使金樽空对月"的感慨；释迦牟尼身为王子，本应该享尽人间荣华富贵，可是他在菩提树下悟道，创立了佛教。

万事万物都有生有灭，可是秦始皇执迷不悟，仍然遣送五百童男童女去寻求仙丹，结果到头来也免不了一场空。他生前何等气派，死后也是一堆白骨。以前去故宫游玩，那里熙熙攘攘，游人如织，可是谁曾想到当年明朝和清朝何等气派逍遥的皇帝和后妃们，现都已灰飞烟灭。紫禁城，已经成为人人可以造访的寻常之地。

世界上最无情的是时间，所有一切在它面前都变得苍白无力，可是我们不能为此而消极悲观。我们本身就是一个奇迹，需要与多少亿个精子竞争，然后和一个卵子结合才能成为现在的我们。既然我们是大自然的选民，就要珍惜现在的一切，感谢我们身边的人和事，甚至也感谢对我们不友善的人，是他们让我们认清现实、认清自己。

往者不谏，来者可追。我们为什么不以积极的心态去面对现实？不管怎么看待世界，快乐也罢，悲伤也罢，我们都要度过每一天。时间如白驹过隙，人生在历史长河中太微不足道，可是对于每个人来说时间又那么实实在在，日日年年、年年日日，恍然间我们就要老去。我们能留给这世界一些什么呢？是赤裸裸来又赤裸裸去吗？

像风像雨又如烟似雾。

面对世事纷争，我觉得人要守住寂寞，做到清静无为，不进行无聊的攀比和附和，更不能贪得无厌，欲壑难平。做事要适可而止，否则欲望越来越膨胀，最终会大难临头。于是一个人有敬畏之心、有信仰便显得越发重要。

加强自身修养便成为重中之重：多看书，看好书，多反思，多与有道德有教养的人交往。"见贤思齐焉，见不贤而内自省也。"不管何时何地，要先约束好自己。如果每个人都能自律自尊自爱，那么他一定能自立自强，社会一定会更加美好。

一个人活在世界上要有浩然之气，不患得患失，不以物喜，不以己悲，更不能毫不利人专门利己。只有这样，我们才算没有白到这世上走一遭，可是又有多少人能做到这一点？

物我两忘

晚上我们一家三口走在北京的大街上，行人来去匆匆，除了家人，周围一切都是陌生的。尽管春天已经来临，萧瑟的寒风仍然肆意横行。我裹紧衣服，抬头望着插入云端的高楼，不由得想，如果这里真有一天像电影里所发生的那样——电闪雷鸣，天塌地陷，楼房倒塌，人们可能连躲藏的地方都没有。我不得不对电影导演们的超前意识感到由衷的敬佩。

有人曾说只有导演才是知情人，才能真正明白影片的内容，其他人都是看客，都只是从自己的角度去解读影片。很多人看完电影《云图》后犹如坠入云雾中，对影片内容不甚明了，不知自己身在何处，也不知将来如何，对前途迷茫彷徨。虽然我不相信人有六次生命，但当涉及克隆人这一命题时，不得不说，也许有一天电影里的内容会成为现实。也许将来人类使用克隆人比使用机器人更方便快捷，更能满足人类的欲望。以前人类发展都是一个渐进过程，没有翻天覆地的变化，但是现在科学突飞猛进，技术日新月异，未来科技将产生如何的巨变亦未可知。

自然界奥妙神奇，不管人类如何揭示它的规律、如何揭开它的面纱，人类在大自然面前永远是在海边捡拾贝壳的孩子。自然界有时神奇得让我们无法忘怀、无法解释，它是那么令人痴迷。

曾有人形象地将一个人的知识比喻成一个圆圈，圆圈越大对外接触的空间也越大，他会觉得自己拥有的知识越少。

有人说自己五十岁之后不屑再读书，我也有同感。并不是说自己已经学富五车，只是认为自己心性开朗，不会再被外界所惑所困。有时我盼望自己早早有闲暇时光，那时什么都不去做，只是游山玩水，亲密接触大自然，和花儿低语，与鸟儿和唱，体味天籁地籁的况味，真正做到天地与我共生的境界。

屈原曾迷惑彷徨，向老天不断发问，来排解自己的忧愁郁闷。每当望着繁星满天的夜空，每当看到星体释放的色彩，每当看到黑洞瞬间吞食星体，每当看到人类捕捉到外部空间的画面时，我常常会想：茫茫宇宙中一定有一些星体也会和我们地球一样可爱，一样有生命，一样有文明，那些星体交相辉映的色彩不亚于我们地球上争相斗艳的奇葩。对神奇自然界的痴迷，有时会让我忽视自身的存在，感觉一切恍然如梦，恍若隔世。或者就像有人所说，我们其实生活在计算机模拟世界里，人类只是编好的一串代码而已。

我不禁问自己，将来会何去何从？人只是会呼吸、能思考的一个微不足道的生命体，犹如宇宙中一粒尘埃。将来自己是否也会化作一粒尘埃，飘浮在茫茫宇宙中，不是闲看花开花落，而是闲看星体明灭？自然界为什么有生命、有人类，人类又为什么要生存？人类为什么会思考，生命的意义在哪里？除了地球，外部空间是否有时间存在……有时我安慰自己，不能想太多，这种思考是没有尽头的。人本来就是大自然的一部分。

上帝关上一扇门，就会为你打开一扇窗。《云图》里男女主人公为了生存，乘坐飞船离开地球，到达另外一个星球，在那里繁衍生息。

地球已经存在约四十六亿年，泰山上的岩石有的年龄约三十亿年，尽管最新资料显示泰山的年龄并不大。

生活在泰山脚下，看着岿然挺立的大山，有时我就想，现在我可以登泰山而小天下，将来我也要融于高山之巅，呼吸宇宙，吐纳风云，与日月星辰为伴，同风云和鸣，和雨雪共舞，俯视天下，真正做到天人合一，物我两忘。这将会是多么惬意的事啊！也许那里才是我永久的归宿。

人类的朋友

现在我仍然怀念十年前养的沙皮狗莎莎，它是丈夫出差时从济南买回来的，那时它才两个月大。它的到来给我们带来无限的乐趣，女儿最喜爱它，连梦中呓语也常念叨莎莎的名字。可是我和丈夫工作忙，女儿尚小，父母又不在身边，根本没有闲暇去照顾莎莎，最后只好把它送给孩子的大姑。女儿想念它时，我们就到她大姑那里去看望它。大约过了半年，莎莎被人偷走了。

知道此事后的几天里，我们都难过不已。我后悔没有好好对待莎莎，没有给它更多的关爱，没有给它一个温暖的家，让它生活无忧；后悔买了它，却没有将它养大。后来我安慰自己，既然别人偷走它，肯定喜爱它，也一定会善待它。这样想，心里踏实了许多。可是每当看到别人在街上遛狗，我心里总不是滋味，总觉得亏欠莎莎太多，心想如果有一天，在某处见到莎莎，我一定想方设法将它带回家，好好饲养它，再也不让它到处去流浪，让它颐养天年。因为莎莎，我发誓以后再也不养狗，除非我有时间和精力能善待它们。

我们中国人对狗往往口是心非，平时都知道狗待人任劳任怨、忠心耿耿，可是中国文化里贬低狗的言语比比皆是。如狗眼看人低、狗血喷头、狗急跳墙、狗咬吕洞宾、狗拿耗子、狗嘴里吐不出象牙、嫁鸡随鸡嫁狗随狗等。有一歇后语"狗拉豆秧子——没大样"很形象，因为狗的身材矮小，下地干活，没有马、牛、驴子和骡子身体庞大，和它们比较当然显得没有大样。此话也许最初没有贬低狗的意思，但是生动诙谐，颇耐人寻味。

狗把人类看成最忠实的朋友和主人，对人类尽职尽责，甚至为了主人牺牲性命，仍然无怨无悔。在西方一些国家，曾有人竖立纪念碑以示对狗的怀念：意大利的一只狗曾经救过一百多人的性命，人们为它树碑立传来表达感激之情。可是现实生活中，狗能真心待人，狗主人却不一定能真心待狗。

狗的祖先是由狼驯化而来。人们最初饲养狗是为了让它帮助人们看家和捕猎。狗的本领很大，会狩猎，可以作为陪伴犬，也可以从事特殊工作或服役。

狗的种类繁多，按功能可分为枪猎犬、狩猎犬、工作犬、玩具犬、家庭犬和牧羊犬；按体型可分为小型、中型和大型。世界上现在约有四百五十种狗，它们的模样也各具特色，千差万别。有的英俊威武，如德牧、边牧；有的虎头虎脑，如法斗、哈士奇；有的憨态可掬，如泰迪；有的小鸟依人，如吉娃娃、博美。

现在养狗之风盛行，大街上、公园里、商场里，都能看到狗狗们的身影。有时候还能见到小狗打架，甚至还可能看到狗主人们为此大动干戈的场景。

我经常在大街小巷见到无家可归的流浪狗，它们只能在垃圾堆里觅食，常常用羡慕的眼神看着那些宠物狗。我的原则是有时间、有空间、有爱心可以去养狗，既然要养就要养好，把它当成朋友，不能虐待它；如果没有时间、没有精力、没有爱心就不要去养狗，这既是对自己负责，也是对狗负责。

樱花树下

　　大黄是我们院里的一只"公母狗"。有人看到这个词也许会忍俊不禁，心想这只狗一定不公不母，不阴不阳，是一只"中性狗"。其实大黄是一只母狗，在前面加上"公"字，因为它是我们院里公有和共有的一只狗。它是北方再普通不过的一种狗，个头不是很大，毛色发黄，这也是我们称它为大黄的原因。由于晚上它在大院里来回巡逻，俨然担任起保安的职务，于是我们院里人戏称大黄为"黄科长"。

　　"黄科长"是何时在我们院里安家的以及年龄多大至今是个谜。它生了几次宝宝且对宝宝呵护备至，想必它六七岁光景。也许因为它离奇的身世，院里的人都对它多份关爱。每次从饭店回来，大家已经形成习惯，都会带一些肉食来喂它。在大家的溺爱和呵护下，它格外挑食，很少吃牛肉、羊肉和鸡肉，唯独对猪肉情有独钟。

　　我是院里经常给它喂食的一员，也许因为如此，下班回家的路上，它会跑过来与我打招呼，摇尾巴撒欢，或者扑到我身上，或者碰碰我的腿。有时没有注意到它的存在，它会悄悄在我身后轻轻咬住我的裤子或者裙子。等我回头，它会抬头看看我，似乎在向我问好。

一般人认为人为万物之首，其实对动物越了解越觉得人类只是自以为是而已。既然它们能和人类一样生存至今，说明它们有自己独到的生存法则和生存智慧，并不逊色于人类，和我们人类一样都是大自然的选民。

大黄在我们大院里生活得逍遥自在，是人类和动物和谐共存的典型例子。

大黄很有君子风度，从来不咬人，即使课间走到校园里，它不会向学生吼叫，也不会伤害学生，溜之大吉是为上策；它也不会像一般狗见到食物那样又跳又叫，甚至猛扑过去，不分轻重，不慎咬破喂食者的手。食物放在它嘴边，它会轻轻地咬住食物的一角，绝不会伤及喂食者。

"狗仗人势"用在它身上倒不过分。我给它喂食前，它会不断发出吱吱的哼声。如果看到陌生人它就会狂吠，其嚣张气焰似乎能吓破人的胆，不过它只是不断示威而已。偶尔猛跑到陌生人身边，狂叫不止，等我呼唤它时，它折回身，仿佛在向我表示，它已经尽到保护一方的责任，得到犒劳它当之无愧。

猫狗很多习性相反，见面之后往往剑拔弩张，可是大黄和院里的一只黑猫是好朋友，它们经常嬉戏打闹。一位同事说大黄还经常叼着食物喂身体有残疾的一只小花猫。曾经我确实见过一只小猫拖着残疾的腿行走。主人遗弃身有残疾的动物的事情时有发生，如果让这些人亲眼看见这件事，不知道他们会有何感想，这就是所谓高级人类做的事！

爱孩子是所有母亲的天性，她们并不奢望得到回报，只是尽自己所能将孩子抚养大，这就是世间的大爱，有了这种爱，动物才会在地球上繁衍生息。

大院里的好心人专门为大黄搭建了狗舍，狗舍被漆成黄绿色，宽敞明亮，清新悦目。大黄在那里待了极短的时间，便搬离了条件优厚的狗舍，搬到隐蔽肮脏的无人问津的角落。原来它怕别人偷走它的宝宝。以前它生过几窝宝宝，结果都让人偷走了。大黄现在多了心眼，将孩子生到别人够不到的地方，这样它就可以把孩子抚养长大。果然，过了一段时间，便能经常看到大黄带着孩子出现在我们面前。但见狗宝宝的眼睛下面有一圈米黄色的绒毛，四只爪子也是米黄色，其他地方都是黑色。它看上去虎头虎脑，英俊威武。可是好景不长，这只可爱的小宝又被人偷走了。丢失狗宝宝最初的几天里，大黄萎靡不振，每到晚上会传出凄厉的叫声。

后来，大黄又生下两只小狗。接受以前所有教训，大黄竟然将两只小狗抚养长大。也许是大黄的言传身教，两只小狗很少靠近人，对人总是敬而远之。曾经一段时间，较小的那只狗腿一直瘸着，大概有人想偷走它，结果没有成功。也许这种举动伤害了两颗幼小的心灵，才使得它们有了既想亲近人又畏惧人的心理。

大黄既会享受又有情调。夏天每到傍晚，我和老公常出去散步，有时到宝龙，有时到操场。我们去宝龙时，大黄经常跟在我们后面，离我们不远不近，但总会在我们视线范围之内。等发觉它跟在身后，我们回头看它，它假装低头寻找东西，待老公撵它回去，它只是用白眼仁望着我们，露出不满的表情。老公往回撵它几步，它就后退几步，最后不顾我们的阻挠，硬跑在我们前面，始终和我们保持一段不远不近的距离。

一次，它看到一只小狗，冲上前去，向那只小狗示威。狗主人赶紧抱起小狗，不满地看着我，嘴里嘟嘟囔囔。我无奈地指指大黄，和老公相视而笑。但它要是遇见比自己高大凶猛的狗，会灰溜溜夹着尾巴，不敢往前挪动一步。我赶紧过去解围。

在大黄看来，也许跟着我们去宝龙是充满惊险而又刺激的冒险历程，但跟我们去操场，它却轻松快乐许多。傍晚的操场，暑气消退，凉风习习，凉爽无比，草坪散发出青草的气息。许多年轻老师带着孩子在此驻足嬉戏。大黄一到操场，先在草坪上打几个滚，然后快乐地在草坪上猛跑，从来不伤及孩子，最后不远不近或前或后地跟着我们，犹如月光下跟着我们的影子。每当这时，老公笑着说大黄是天底下最快乐的动物。我问为什么，他说它不像其他家养的狗，不用看主人的脸色行事，也不会受主人的虐待，更不会为生活而奔忙。它完全自由自在，愿意去哪儿就去哪儿，饭还得挑着吃，连恋爱也是自由的，喜欢哪只狗就选择哪只狗。有时晚上大约十点钟，我们走在操场上，操场寂静空阔，大黄和它的两个儿子便成了我们的保镖。

前一段时间，我说几天没有见到大黄了，一同事吃惊地睁大眼睛说，大黄由于生小狗伤风而死。我也睁大了眼睛，感觉自己的心一下子沉到湖底，再也浮不起来。

有故事曾说一男主人死后，他家的猫天天到主人墓地上送一束花或者一只小茶杯或者一粒小石子等物件来表达哀思，有人不相信故事的真实性，我却深信不疑。

现在大黄已经被埋葬在樱花树下。离大黄最近的那棵樱花树摇曳在风中，似乎没有什么异常，但是明年春天那棵樱花树由于吸纳了大黄的灵气，一定枝叶繁茂，樱花也会开得更加绚烂多姿，朵朵怒放的樱花会藏有大黄的影子，散发着大黄的气息，弥漫在整个大院，为我们送来祝福。

　　我也希望这篇文章能陪伴大黄走在天堂的路上，使它不感到孤单寂寞，也捎去我对它的祝福。

一盏永不熄灭的明灯

父亲 2001 年去世时六十五岁。那段时间，我悲痛欲绝，满脑子里都是父亲的身影以及他英俊的脸庞、深邃的目光，甚至每见到一个人，我都要讲起父亲生前的事。那时，我最愿意做的事情便是早早地躺在床上，闭上眼睛，把父亲的事情如放电影般一幕幕闪过，渴望能够尽快入睡，在梦中与父亲相见。可每每早上醒来，回忆起梦中情景，便愁肠满腹，泪湿满襟。

父亲的忽然过世让我失去了工作和生活的方向，也失去了不断前进的动力。过了很长一段时间，我才走出失去父亲的阴影。

记得几年前去爬泰山，我从玉皇顶下到中天门，远远地看到一位背微驼、国字脸、头发稍长且向后梳、身材瘦削的老者正坐在石阶上抬头凝望远方。我的心颤抖起来，那不正是父亲活脱脱的形象吗？一路的风尘，一路的疲劳荡然无存，我急匆匆地往前赶去，等走到近前才看清那不是父亲。其实，我明明知道这不是我的父亲，永远也不会是。我只是又深情地望了那位老人一眼，默默地祝福他保重身体，度过一个安乐的晚年。

由于父亲很小就失去父母，跟随叔父长大；又从农村走出来，明了农民的苦难，体会到农民生活的艰辛，便对他们有一种特殊的感情，也对他们格外地照顾。

父亲曾将本家的一位老奶奶接回家住，无微不至地照顾她，回老家时也经常看望她，就因为父亲小时缺衣少食，她将节省下来为数不多的饭菜留给父亲吃。

我又想起小时在农村居住时张强哥的事。他从小失去父母，和奶奶相依为命，再后来奶奶也撒手人寰，剩下他形单影只。之后他是我们家的常客，常向父亲讨教主意，让父亲帮忙为他找工作，等等。随着时间的推移，他的年龄越来越大，找对象成为一大难题，谁家都不愿意将女儿嫁给孤苦伶仃的他，父亲先后为他说媒五次都没有成功。说到第六次时，父亲找到女孩的父亲，拿出自己的党员证说："我以共产党员的身份担保和发誓，张强虽说失去父母，但他是一位品行端正、心地善良，有责任和担当，能力也很强的孩子。您要是将女儿嫁给他，他们一定会幸福一辈子！"女孩的父亲听到父亲的话，也说："就凭您的为人和这句话，我答应！"确实如父亲所言，他们婚后幸福美满。

每当遇到极端天气，父亲就会忧心忡忡，念叨老天爷千万不要毁坏庄稼；每当庄稼大丰收，父亲就会满面笑容，说农民的日子好过了；每当村民们找到父亲要买种子化肥农药之类的东西，他总会乐呵呵地去帮忙，也乐意为那些经济拮据的村民垫付资金。所以每当节假日时，家里犹如赶集似的熙来攘往。这可苦坏了母亲和我们——村民们聚集在家里，我们要端茶倒水，又要买菜做饭；他们走后我们还要刷盘洗碗，打扫卫生。每当母亲劳累过度，抱怨父亲时，他总会笑呵呵的，一句话不说，仍然乐此不疲。

一次中午吃饭时，父亲说："一个工农兵大学生，连百分比都不会算，却哭闹着要晋高级工程师。他们让我晋，我不晋！因为咱不配这个称谓，尽管每月多拿一百多块钱，可我作为中专生觉得有愧，对不起党员的称呼！"

果真，父亲直到去世都没有申报高级工程师，但他却一直严格要求自己，对待同事和蔼可亲，平易近人；对待工作兢兢业业，一丝不苟。

记得父亲认识的一位工农兵大学生当了领导，父亲对我们讲："他就是社会的蛀虫，他的孩子都由单位出钱上大学！一位领导的家属也成精啦，不知用的什么法术，居然由一位农村妇女一跃成为国家干部！我真为咱们国家担忧啊！你们做人要堂堂正正，多学些知识，不要学这些歪门邪道！"接着面带微笑地说："我很为你们骄傲，你们的学习和工作都是靠自己的本事得来的。"他那时的表情到现在我仍然历历在目。

我们确实没有辜负父母的期望，20世纪80年代，在高考升学率仅为百分之四的情况下，我们姐弟四人中有三人成功升学，当时轰动整个县城，后来二姐也获得中专文凭。

记得我上高中及大学，每每姐姐喜滋滋穿上新买的衣服时，父亲却说："难看死啦，脱给你妹妹穿！"等我穿上后，父亲满面春风，眼睛闪着亮光说："还是你妹妹穿上好看，给你妹妹吧！"每当那时，我总是欣喜若狂。

大学毕业后，父亲掏出四百元给姐姐说："帮你妹妹买辆自行车吧，她上下班不方便。"由于我是学英语专业的，很想买一台收录机，可以方便学习英文，但觉得自己已经参加工作，不能再向父亲要钱，便对他说："爸爸，借给我二百元，等以后再还你。"三个月还了他一百元后，他说："行了，咱们两讫啦。"

工作后第二年我报名函授本科，但学费要交六百元，对我来说犹如天文数字。我正犹豫不决，父亲得知后说："上学是好事，即使一千元，我也给你出！"

最让我愧疚的是上初中的时候，当时我正处于青春叛逆期，那是充满花香而多雨的季节。一次老师让我们交五元钱，我向父亲索要，等他问为什么时，我发怒说："我怎么能知道？爱给不给！"他见状，忙掏钱给我："好，好，我不问！"

从此，每当我们做错事时，他不直接批评我们，而是旁敲侧击，或者通过讲历史典故、名人故事来扩大我们的知识面，拓宽我们的视野，提升我们的格局，潜移默化地让我们明了自己的浅见，意识到自己的狭隘和浅薄。我们会默默铭记于心，知错就改。

现在想来不禁感慨万千，感谢父亲的循循善诱和谆谆教诲。所有这些都已变成美丽的回忆，留下的只是淡淡哀愁、丝丝隐痛、深深眷恋、涟涟泪水和浓浓祝福。

为人父母后，我才真正体会到父母的艰辛与博大无私的爱。这是人世间最真挚的爱，有了它，世间才变得更加美好，更加丰富多彩。

时间是最好的良药，慢慢地我悟出个中道理，体会出父母为何养儿育女。儿女们是生命的延续、扩展，明白我们姐弟何以生存于世上。

父亲临终前的第三天，我为父亲端来一大盆温水，放在床边的凳子上，先洗干净毛巾，然后为他擦洗脸、脖子和胳膊，再为他洗脚擦脚，接着又为他按摩脚心。父亲斜靠在枕头上看着我，只是甜甜地笑，一脸慈祥，满眼和蔼，甚至连眉毛和嘴角都在笑。

父亲当时的表情我记忆犹新，甚至在以后的岁月里，这种记忆也永远不会抹去。也许他觉得满足，也许他感觉幸福，也许他向我祝福，也许他向我表达无限爱意。那时，我和姐姐都没有意识到那是父亲最后的清醒，也没有意识到父亲将忽然离我们而去，直到那天下午父亲昏迷过去。

悲痛之余，我又庆幸自己为父亲做了最后的也是应尽的一点小事，能让他洁身而去，心里安慰自己，父亲已经气化清风，肉化泥，山风漫漫归阴去。

我也真正体会到"亲戚或余悲，他人亦已歌。死去何所道，托体同山阿"的滋味。父亲，您过得可好？您是否知道女儿想念您？时常在梦中和您通电话？我倒真希望有另外一个世界，如果有的话，父亲您多保重，我们会永远怀念您！您是我心中的一盏灯！一盏永不熄灭的灯！

第二辑

旅行笔记

我心中的凤凰

  凤凰古城建于明代嘉靖三十五年（1556），位于湖南湘西土家族苗族自治州的西南部，总面积约 10 万平方米，生活着土家族、苗族等二十八个民族，是典型的少数民族聚居地区。它与云南丽江古城相媲美，犹如一颗明珠镶嵌在沱江河上，熠熠生辉；也犹如一只涅槃重生的凤凰，乘着祖国改革开放的春风翱翔在神州大地。

  每当我阅读一篇篇有关凤凰古城的美文时，都会勾起我对它的向往，遗憾曾经与它擦肩而过。它时刻撩拨着我的心弦。犹如笼着轻纱的梦，凤凰古城常在我心中掀起波澜。

  十多年前游览张家界的情景，我到现在仍然记忆犹新。第一天，我们到达武陵源风景区时，暮色四合，晚霞满天，众山环绕，缥缈苍远。远处的山头在天边勾勒出不规则的线条，让人怀疑那是大画家笔下的写意山水画。第二天，我们一行人攀到天子山顶时，雾气特别大，所有人浑身湿漉漉的，四周的山头若隐若现，我们犹如身在仙境一般。导游说张家界的自然景色奇美，西边的凤凰古城既有自然美又有人文美，是那种古朴、纯净、典雅的美，问我们是否愿意去游览。我想凤凰古城是否就隐藏在某座山头下面？那里是否生活着纯朴善良勤劳的各族儿女？由于多日奔波，团队中除我以外没有人报名游览凤凰古城，我只得望西边山峰而兴叹，和凤凰古城失之交臂，心中一直有缺憾。

一提到凤凰古城我的心就痒痒，对我来说那是一座神秘而又充满无限诱惑的古城。我想象着沱江河水清澈见底，缓缓流过古城，两岸的土家吊脚楼默默注视着哺育了世世代代儿女们的河流，见证了古城的兴衰繁荣。河上架起的石桥让人想起沈从文的爱情名句："我行过许多地方的桥，看过许多次数的云，喝过许多种类的酒，却只爱过一个正当最好年龄的人。"

古城有沈从文《边城》中女主人公翠翠的影子，在乌篷船上她和爷爷摇动船桨正乘载两岸的客人来来往往，嘈杂的声音飘荡在河面上，随着汩汩的河水流淌；或者在风清月朗的夜晚，如银似水的月光笼罩着神秘祥和的青山，从遥远的天际传来云雀般的歌声飘荡在河水上空，激起层层涟漪，和着林中鸟儿的鸣叫和各种虫儿的弹唱，让她憧憬着期待着，如醉如痴，同时又有着莫名的惆怅和淡淡的忧伤。天保是否因为得不到翠翠的爱情对生活失去热情，才会水性极好却命殒险滩？傩送是否船载满仓货物回到家乡回到翠翠身边？翠翠还能否找回如醉如痴的梦境？沈老先生留给人们诸多遐想。那种田园牧歌式的诗意生活，当地人那种纯朴善良乐于助人的品德，让人久久难以忘怀。

提到沈老先生，就不得不想起黄永玉老先生，他们是叔侄关系，却有着迥然不同的性格。黄老先生给人不知愁滋味的感觉，让人不由得想起《射雕英雄传》中的老顽童周伯通，诙谐幽默，对生活充满情趣。他的绘画和文章让人感觉春光明媚，阳光灿烂。

前几年游览丽江古城，小城精巧别致，古色古香，街道两旁古建筑林立，青石板铺就的道路光滑平整，踩在石板上沉重踏实。每块石板每片砖瓦都经历过风风雨雨，说不定都有一段不为人知的故事和凄美传说，也见证了茶马古道的悠悠历史。身在其中，我恍惚间穿越回千年之前，让人有时空错位以及人生如梦之感。那时我就想，要是身在凤凰古城是否也会有同样的感觉？那里的青石板承载着多少人的脚步和欢笑悲伤？又经历过怎样的风霜雨雪？又会发出怎样的感慨？翠翠和爷爷还有一只黄狗踏在青石板上又有着怎样的感想？我再一次为没有去凤凰古城游览而遗憾了。

乌镇给人小桥流水人家的视觉效果，威尼斯给人温馨浪漫的情怀，位于泰晤士河畔的伦敦给人现代豪华的感官刺激，我想，凤凰古城一定有自然淳朴、优美恬淡的况味，才能真正达到天地人合一的境界。我下定决心要抽些时间去一睹我心中的凤凰古城，了却心愿，揭开它神秘的面纱。凤凰涅槃重生，展翅高飞，凤凰古城在腾飞，我的心也跟着腾飞。

心中的大汶河

小时候我生长在农村，村子名叫北落星，有一条北大河流过村子北部。那是我童年的乐园，是我一生都念念不忘的圣地。

北大河南边有一片广阔的森林和沙地，一年四季都带给我无穷的乐趣。春天，万物复苏，百花争艳，它带给我们希望和梦想；夏天，草长莺飞，树木繁盛，它带给我们欢乐和清凉；秋天，层林尽染，瓜果飘香，它带给我们丰收和喜悦；冬天，寒风凛冽，万物肃杀，它带给我们圣洁和敬畏。

每当夏天站在柔软的沙滩上，我总会对停泊在水面上的小船充满好奇和憧憬，那里承载着我无穷的梦想和希冀。

长到九岁我便离开了生育我、养育我的土地，离开了给我带来无穷乐趣的北大河。从此它萦绕在我的梦中，流淌在我的文字中。

姐姐最初大学毕业后分配在距离莱芜市十五里地的张家洼中学，乘坐公共汽车去那里要穿过大汶河。每次看望姐姐路过大汶河，我的心里总有一种莫名的激动。有次趁姐姐上班之际，我开启了孤身一人徒步南下之旅，想近距离目睹大汶河的风采。

我不知道哪来的勇气和兴致，只身徒步向前，不顾辛劳，也不顾路边投来的异样眼光，只是一心一意，奋勇向前，直至大汶河呈现在眼前。

河岸不高，几个男孩和女孩在河边玩耍。河水浩浩荡荡，滚滚向前。望着滔滔不绝混浊不堪的河水，我感觉身体内的血液也在不断流动，脑海里呈现出儿时清澈的河水，心想也许那时的水分子就在眼前，就在身边。呼吸着曾经呼吸过的空气，我似乎明白我为什么只身一人来河边，我想我是在赴一场前世之约，冥冥之中就应该站在河边，看看这默默流动的河水。

那之后，姐姐陪我一块去观看大汶河。适值太阳西斜，彩霞满天，阳光洒在宽阔的水面上，波光粼粼，没有"大漠孤烟直"的苍茫，倒有"长河落日圆"的豪迈，也有"落霞与孤鹜齐飞，秋水共长天一色"的气概。

直到那时，我才真正将大汶河和北大河联系在一起。其实北大河是大汶河的一部分，属于中游一段。

大汶河由泰山大断裂运动而形成。距今大约一亿年，鲁中丘陵地带发生了数条皱褶大断裂，泰山与南部丘陵东西走向的大裂谷因流水汇集为自东向西的大汶河，现今岱岳区邱家店地下大峡谷就是当年断裂的明证。人们习惯上称东平县马口以上为大汶河，泰安大汶口以上为上游，大汶口至东平县戴村坝为中游；戴村坝以下为下游，称为大清河。它滋养哺育沿河的人们，大汶口文化是中华五千年文明的一个力证。

五年前我和几位同学去东平看望另一位同学，那位同学陪我们游览了大汶河戴村坝。下车后，小雨霏霏，大汶河一览无余。

放眼望去，茫茫苍苍，水天一色，河水由东至西浩浩荡荡向前奔去。河边有几个人在悠闲地钓鱼，几位同学好奇地蹲在水边拨水玩，河水混浊不堪，大有黄河的气势。

戴村大坝分三部分，从南向北依次为：主石坝、太皇堤和三合土坝。三部分各自独立又相辅相成，形成了"三位一体"的独特布局。坝体构思巧妙，壮观大气，成为大汶河一大景观。

堽城坝是大汶河上另外一条坝堤，位于北落星村西部，小时候经常听村民说起，但我没有亲眼见过。现在我在泰安上班，有时回家路过时也可以见到颇有气势的大坝。它们两个都是在大汶河上修筑的颇有名气的大坝。

戴村大坝修成之后，拦截大汶河水，然后顺小汶河水南下，流向南旺运河的最高处后，再分水南北两部分。三分南注，七分北流，有"七分朝天子，三分下江南"之说，为南北航运立下功劳。历经数百年，大坝仍岿然不动。

小雨仍然不知疲倦地下着，我们手中的一把把伞犹如盛开的奇葩，开放在大堤上。我们一路向西，走到大坝下游，更能目睹大坝的气势。水势浩荡，喷涌而泻，发出雷鸣般的吼声，正如堤坝上写的"戴坝虎啸"。大坝中间烟雾弥漫，升腾不断。飞泻下来的水瀑不远处有一块约两米见方的小绿洲，上面挺立着一棵小树。尽管险象环生，小树仍然屹立不倒，展现出勃勃生机和不屈的生命力，创造出属于自己的奇迹。

我对大汶河又多了一份亲近感。

几个月前，我和老公游览了明石桥。

那座石桥是连接大汶河两岸古驿道的活化石，修建于明朝隆庆年间，故称明石桥。清雍正八年明石桥被大水冲垮，由石匠姜桂松进行义修，又称姜公桥。它是古驿道上连接汶河两岸的唯一石桥，也是山东省内现存最古老的石桥。旁边的茶棚村正是由于河南岸村民常为过往商旅提供茶水而得名。

明石桥长 221 米，宽 2.5 米，由 360 余块大型石条组成桥面，共 65 个桥孔。站在明石桥上，面对眼前光滑的石板，望着远处横跨在两岸宽阔的现代化大桥，你会感慨万千。脚底下是声势浩大奔流的河水，想想古代落后的交通设施，我们能想象到古人的出行不便。踏在石板桥上感受着浩荡的河水，你会心生怯意和疑惑：古人会有怎样的心境呢？是小心翼翼，还是心潮澎湃？也许只有横卧在那里的石板和坐落于南岸的茶棚村以及北岸沿河的石头房子才能讲述曾经发生过的精彩故事，述说社会变迁。

我还从村民那里得知有一种特殊的石头，名叫竹叶石。这种石头颜色不同，深浅不一，上面的图案犹如竹叶一般，密密麻麻，如果仔细观看，还犹如一条条游动的小鱼。我怀疑这是远古时代的小鱼们留下的古化石，因为就连鱼眼都历历在目。

明石桥上的竹叶石默默横卧在大汶河上，犹如戏水的鱼儿在那里怡然自得，陶醉在河水的欢快声中，呼吸着远古气息，目睹着过往行人，见证着沧桑巨变，历史兴衰。它们是会说话的石头，是游动在历史的鱼儿，也是常青的竹叶。

前几天的一个周末，一位高中同学约我和老公去徂徕山参加徂汶景区历史文化学会的研讨会，在那里我对大汶河又多了一些了解。

子在川上曰："逝者如斯夫，不舍昼夜。"原来孔子是在大汶河上发出的慨叹。《诗经》里有"汶水汤汤，行人彭彭"的诗句，李白在《沙丘城下寄杜甫》中对杜甫的思念如"思君若汶水，浩荡寄南征"，石介有"春日汶水温，晓日徂徕寒"的诗句。这些都是大汶河生生不息的见证。

建成不久的祖汶大坝在脚下，河水滔滔不绝，徂徕山飘荡在碧波之上，正像习近平同志所说"绿水青山就是金山银山"。

面对厚重的历史，面对奔流不息的河水，面对青山绿水，我感慨万千。祖先为我们后代留下的宝贵遗产，我们要怀着一颗感恩之心来接受这份馈赠，也要像祖先一样为后代留下宝贵的精神财富，就像这滚滚向前的汶河水奔腾不息。

雨中情趣

姐姐大学毕业后，我曾跟着姐姐到单位去报到，她上班时，我就独自待在宿舍里。时值秋雨连绵，我一个人百无聊赖，只听到屋外的雨不紧不慢地下着，敲击着房顶、树木及屋外所有的一切。雨声单调乏味，和着风声弥漫在空中。

这场雨持续了三天，似乎世界永远在烦闷慵懒中延伸，膨胀。蚯蚓也耐不住性子，陆续爬到楼梯台阶上，密密麻麻。看到它们柔软的身子匍匐在地板上，有的甚至露出血色，我的心不禁隐隐作痛，更理解了李清照"梧桐更兼细雨，到黄昏、点点滴滴，这次第，怎一个愁字了得"的心境，从此我对下雨心生厌恶。

上了大学后，我多次雨中登山，才改变对雨的看法。

不同时节爬泰山给人的感觉不同。春天爬泰山，树木的苍翠充塞视野，空气甘冽清爽，不知名的花香弥漫山间，身在其中，仿佛自己也精神焕发，力量倍增；夏天爬山，目光所及之处皆是绿色，刚开始爬山时，大汗淋漓，越往上爬，越感觉凉爽；金秋十月爬山，景致最美，层林尽染，瓜果飘香，一步一景，目不暇接；冬天下雪时爬山有另外一种意境，整个世界银装素裹，冰雕玉琢，雪踩在脚底下嘎吱嘎吱作响，犹如进入童话世界。

我最喜欢在夏天下雨时节去爬山。一个星期天早晨，百无聊赖，室友又都不在宿舍，我便只身从西路去爬山。适值天公不作美，阴沉沉的，如同瞌睡的人的眼。山上行人稀少，我慢慢走在山路上，独享其乐，什么都可以想，什么都可以不想，倒觉得自己是个自由的人。

爬到中天门，我放眼四望，满目苍茫，烟雾缭绕，老天似乎吸足水汽准备随时泼向人间。正像李健吾在《雨中登泰山》所描述的："是烟是雾，我们辨不清，只见灰蒙蒙一片，把老大一座高山，上上下下，裹了一个严实。"

我感觉口渴难忍，但景点没有饮料和矿泉水售卖，我只能买了一瓶啤酒，举瓶独饮。我正自得其乐时，有两位女士目不转睛地盯着我，直到看不见我为止。我心里好笑，想对她们说，你们把心放在肚子里吧，我既没有失恋也不会去寻短见，只是口渴而已。

再往上爬，雾气更大，感觉自己浑身湿漉漉的，有"云青青兮欲雨，水澹澹兮生烟"之感。不知何时，下起了淅淅沥沥的小雨。为了能看到云海，我又朝前赶路。

慢十八盘紧十八盘对一些登山人来说是最头疼的事，可对那时精力充沛的我来说却易如反掌。到现在我还怀疑自己那时为何有那么大的能量和勇气。爬到南天门，我惊喜于自己有幸能见到云海。云海并不是想见就能见到的，只有幸运的人才能大饱眼福。

云海是自然景观，必须有充足的水汽、冷却的空气以及促使水汽凝结的凝结核等条件才能形成，多发生在每年十一月份到次年四月份。那天，云海在我脚边上下翻飞，变化万千，或天马行空，或蛟龙戏水，或羚羊飞奔。头上不再有雨的侵袭，只是空明一片，我仿佛进入仙境，疑心自己就是神仙。此时不需要"荡胸生层云"，就已经满眼云海蒸腾。"会当凌绝顶，一览众山小"是再恰当不过的描述。

今年秋天，我们几个大学同学去东平游玩，同学史某接待了我们。路上霏霏小雨陪伴在左右，我们一路笑声不断。到了东平，吃完饭，史某陪我们游览戴村坝。时值小雨飘飞，我们驱车直达坝堤。下车后，大汶河展现在面前。

大汶河是位于山东省的黄河支流，也是中国少有的自东向西流动的河流。放眼望去，茫茫苍苍，水天一色，河水由东至西浩浩荡荡向前奔去。河边有几个人在悠闲地钓鱼，几个男生好奇地蹲在河边玩水，一条约十厘米长的鱼摇摇摆摆朝大个子同学游去，他顺势抓在手里，兴奋地大喊："抓到鱼了！"他这一喊，顿时好多人凑过去看热闹。我笑着对他说："你这个大老板今年一定会挣大钱，到时别忘了请我，还要其他同学作陪。"他满口答应。

戴村大坝分三部分，从南向北依次为：主石坝、太皇堤和三合土坝。三部分各自独立又相辅相成，形成了"三位一体"的独特布局。坝体构思巧妙，结构独特，美观大方，是我国古代水利工程的一大杰作，号称"江北都江堰"，成为大汶河一大景观。虽历经数百年，任洪水肆虐，大坝仍铁扣紧锁，岿然不动。

小雨连绵，我们继续向西走去。走到大坝下游，大坝的气势一览无余。水势浩荡，似虎啸山林，恰如堤坝上赫然书写的大字"戴坝虎啸"。飞泻下来的水瀑不远处有一小块绿洲，生长着一棵小树。

周围是湍急的水流，面对险象环生的境地，它能屹立不倒，不由得让人慨叹。

我们还游览了水浒城。尽管有些人工的痕迹，但在烟雾弥漫的秋雨笼罩下，水浒城倒多了几分情趣，恍然间使人跨越千年，回到久远的年代。我仿佛看到了繁闹的集市，熙熙攘攘的人群，刀光剑影的战场。似乎所有的一切都被凝固、定格和沉淀，最后由我们来清理战场，收拾残局。

景由情生，情由心生。晴天、阴天和雨雪天气都是自然现象，它们不会因为你的意志变化而变化。不同天气有不同风景、不同格调，只要不戴有色眼镜看问题，它们都能给我们以美感。与其怨天尤人不如以积极乐观的心态去面对，这样才能"柳暗花明又一村"。

巍巍泰山

　　泰山，又名岱山、岱宗、岱岳、东岳和泰岳，为五岳之一，有五岳独尊之称，位于山东省中部，绵延于泰安、济南和淄博之间，主峰为玉皇顶。自秦始皇开始至清代共有十多位帝王登泰山封禅。泰山上有二十多处古建筑群，两千两百多处碑碣石刻。由于文化底蕴厚重和自然景色优美，1987年泰山被列为世界文化与自然双遗产。泰山成山于太古代时期，直至新生代中期，它的大体轮廓才基本确定。它见证了地球生命的繁衍生息，悠长的历史更增添了它的沧桑、神秘和大气。

　　玉皇顶上主要分为四条游览路线：红门进山口、天外村进山口、桃花峪进山口和天烛峰进山口。从天烛峰进山需要步行上去；从红门进山需要步行到中天门，也可以从天外村坐环山车到中天门，到中天门后可以步行也可以坐索道上去；从桃花峪进山需要步行或者坐公交车，至公交车终点或步行或乘索道到山顶。路线不同，欣赏到的风景、感悟和收获也会不同，但都能近距离地接触大自然，身心能真正地得到放松。从天烛峰和桃花峪进山口爬山更能欣赏和领略到泰山的自然美；从红门爬山，路过的人文景观比较多，碑碣石刻和亭台楼阁使人目不暇接，流连忘返。

　　我曾求学于泰安，那时才真正目睹泰山的风采，领略它的神韵。那时每到周末，我常和舍友从天外村沿小土路或红门爬山。从天外村爬山，那条小土路很少有修饰、造作的痕迹；从红门爬山感觉却大相径庭，这里的人文景观比较多，碑碣石刻比比皆是，篆隶楷行草不知凡几。泰山的自然美、神韵和豪气从中天门步行上去才能真正领略到。历史的积淀、知识的传承和文化的厚重在这里体现得淋漓尽致。去经石峪，《金刚经》字大若斗，遒劲有力，引无数人瞻仰；面对"高山流水"石刻，让人想起"峨峨兮若泰山"的感叹，似乎伯牙的鼓琴声不绝于耳，如高山如流水，然而与之相应和的是空谷的鸟鸣及历经风雨磨砺的岩石与溪水相碰撞发出的淙淙声。

　　"泰山岩岩，鲁邦所瞻""造化钟神秀，阴阳割昏晓"是对泰山的赞誉。登到山顶，会有"登泰山而小天下"的气魄。若赶上阴天去爬山，不要烦恼，说不定有幸见到云海。据说凡是能见到云海的人都是有福之人。但见云海变化万千，大有万马奔腾、波涛汹涌之势。在"云青青兮欲雨，水澹澹兮生烟"的意境中，我疑心自己就身处于琼楼仙境。如果天气尚好，还会有幸见到日出。在遥远的东方，天空的颜色先由黑变暗，再由暗变灰，直至浅红，最后在灰蒙的云海中升腾起一轮红日，让人由衷地感慨大自然的神奇，心生对自然的敬畏。即使看不到日出，但霞光披照，岚气蒸腾，也会使人们流连忘返。站在山巅，极目远眺，峰峦叠翠，会有"对此欲倒东南倾"之感。

现在我生活在泰山脚下，有幸和它朝夕相处。坐在自己的房间里，每天早晨拉开窗帘，我便能和大山对视。李白与敬亭山"相看两不厌"，我在和泰山的对视中，亦思绪万千，犹如看到一位历经沧桑的老人随着时间推移仍然精神矍铄，也似乎目睹了千年的时光倏忽而逝。

推开窗子，巍巍泰山映入眼帘。一年四季，泰山景色也各不相同。春天，大山的颜色先由墨绿、棕褐色变为嫩绿，呈现出一片生机勃勃的景象。夏天来临时，山的颜色变为深绿，显得稳重大气。这时雨水也多起来，几场大雨过后，山上葱茏一片，偶尔白云环绕在山间，犹如少女脖子上围了一圈纱巾，使大山更加妩媚动人。秋天时，泰山的景色最美，颜色变化多样，有时深红，有时浅红，有时浅黄，有时深黄，不一而足，角度不同颜色也会有所变化，为我呈现出一场视觉盛宴。冬天，山的颜色虽然暗淡，显得有些单调沉寂，但是一场大雪过后，泰山银装素裹，熠熠生辉，更加气势雄浑。

从天烛峰进山口爬山，更能真正体会到泰山的魅力所在。那里的风景更幽静，更纯美。在碧绿澄清的溪水映衬下，泰山着实风情万种，妩媚迷人，它既有阳刚恢宏之气又有端庄秀美之态。仁者乐山，智者乐水，我自喻既是仁者又是智者。

南方的山小巧俊美，亭亭玉立，比如张家界的山。在晨曦微露或暮色四合之时，远处武陵源景区的群山犹如地平线上勾勒出的花边，或是大画家笔下的山水画，缥缈，苍茫，深远。从张家界回来再看泰山，它平滑，浑圆，犹如一位结实的庄稼汉，一副不修边幅的样子，显出原生态的粗犷。

　　泰山吸纳天地精华，集天时地利人和于一体，兼容佛道儒于一身，所以才有今天的大气恢宏，才令世人仰望。我们要怀着一颗虔诚的心，读它的历史，读它的深邃，读它的包罗万象。

云　端

　　今年暑假我们一家到云南去旅游。当飞机飞上云端时，女儿兴奋不已。但见朵朵白云呈现在眼前，犹如大团大团雪白的棉花簇拥在一起，又犹如冰块浮荡在大海之上。尤其当白云涂上夕阳洒下的金辉，浮动在脚下，远处的天空高远深邃，头顶上似有一层薄如轻纱的云彩，这情景更令人拍案叫绝，怀疑自己不是飞在蓝天里，而是乘坐轮船漂浮在茫茫大海之上。

　　看着脚下形态各异的云彩，我忽然想起电影《在云端》。男主人公是一名仲裁员，由于工作原因经常飞行在云端，穿梭于各个城市为诸多公司裁员。除了工作，主人公的目标是乘坐飞机累计行程1000万英里，晋升为白金会员。由于生活忙碌，他的生活方式也不同于别人，不想结婚，不愿意过一般人的生活，对自己飘忽不定的生活感到满意。后来由于工作方式改革，可以通过网络视频远程会议来裁员，他不再需要飞行于云端，他的生活自此变得空虚无聊，他忽然意识到自己需要寻找伴侣，生活需要稳定下来。等他适应了变动的生活，命运好像又捉弄了他，由于网络远程会议裁员效果不佳，他不得不再次飞行于云端。电影到此结束，留给观众诸多遐想。

我认为"云端"有三个层面的含义，一是主人公由于工作穿梭于云端，忙忙碌碌；二是主人公犹如生活在云端，漫无目的；三是主人公的思想也犹如在云端，飘忽不定。导演想让人们思考生活的目的是什么、人生的意义在哪里这样的问题。其实在生活中，人们总是会触及这样的问题。

陪伴我们旅行的云南导游小吴，年龄不大，个子不高，其貌不扬，但是和她相处几天，我发觉她心地善良，温柔可亲。她虽说年龄不大，还没结婚，但在车上和我们讨论起人生意义、人生价值时，侃侃而谈，着实让我刮目相看。在车上她给我们讲述了一个她的见闻：有一对夫妇通过几年的辛勤劳动，在南方一座城市站稳了脚跟，女人为了孝敬自己的父母，让二老乘坐飞机来自己家住，父母诚惶诚恐地坐过一次飞机后，说什么也不再坐飞机。看到女儿不高兴的样子，父母终于说出了他们的想法，他们愿意把乘坐飞机的费用节省下来，为儿子盖房子娶媳妇。女婿得知此事后，毫不犹豫地送给他们十万元，让他们回家盖房子，为内弟娶媳妇。就这样，一家人各得其所，快快乐乐生活。小吴接着问我们，人生意义、人生价值到底是什么。

对人生意义和人生价值，不同人有不同的解读。有人认为及时行乐，有人认为人不为己天诛地灭，有人认为应该奉献，有人认为为他人带来快乐，有人认为应该讲究传承，不一而足。我认为人是群居动物，总是处在一种社会关系中，要为他人着想，为他人带来快乐，人生才更有意义，更有价值。

游云南要有良好的心态，不然你会很不快乐，因为到处人山人海，人声鼎沸。本来旅游是一件很惬意的事情，可是满眼都是人，满耳都是嘈杂声，进景点要排队，坐车要排队，吃饭要排队，去卫生间还要排队。多数情况下，在景点拍摄的单人照都会变成跟陌生人的合影。

好多人评价云南人是守着宝藏过穷日子。我们认为云南有着良好的土壤和植被，动植物种类多样，矿产资源丰富。其实在云南的一些山上，植物稀疏，植被覆盖率极低，这和人们想象的反差极大，是由于人为因素还是自然条件所致，不得而知。

云南还是多民族聚集的地方，在这里我们能看到各个民族独具特色的风俗习惯，让我们大开眼界。各民族文化、地理位置和风俗习惯不同，他们生存空间的大小也有所不同。

通往玉龙雪山、大理古城和石林都有专线专车，进景点很多游人都要乘坐电瓶车，于是你会看到电瓶车穿梭于马路上。由于游客不知道路程长短，在步行和乘车两个选项中，往往选择乘坐电瓶车，光游客乘坐电瓶车的费用，就会为当地带来相当可观的收入。七彩云南，凭借丰富资源以及独具特色的艺术品来吸引游人，从而振兴当地经济发展，不得不佩服云南人的智慧。

和云南的旅游产业相比，我们家乡的旅游产业要逊色得多。云南那里有国家地质公园，我们家乡也有国家地质公园，并且家乡的人文资源更丰富多彩，更博大精深，然而我们的旅游业却相对落后，经济发展速度也不快。在发展旅游业这方面，我们应该向云南学习。虚心向别人学习，是一种智慧，也是一种策略。

云南在污染防治方面，也在经受着严峻考验，滇池和洱海都有污染，尤其治理滇池污水更成为一大难题和一项艰巨的任务。如果在云南大力开采矿产资源，发展工业，云南污染一定还会加剧；如果人们只顾眼前利益,不久的将来,这片圣洁的土地会被侵蚀破坏,这方净土也会消失,最终伤害的是人类自身。

云南的玉石全世界闻名。玉有五德、九德、十一德之说。其实这都是根据玉的特点赋予其寓意。狭义上说,玉分为硬玉和软玉。国内的如和田玉、岫岩玉、独山玉和黄龙玉等都为软玉;硬玉称为翡翠,翡翠又名缅甸玉,有"玉中之王"的美誉,主要出产于缅甸,日本、俄罗斯、美国等国家也有,但是产量和质量都远不如缅甸。

美玉晶莹剔透,温婉亮丽,细腻柔润。中国人自古喜欢美玉,玉象征着美好、高尚和诚信,佩戴玉石饰品也就有了吉祥、如意、平安的寓意。"古之君子必佩玉,君子无故,玉不去身。"因为古代有"谦谦君子,温润如玉"之说;《诗经》里有"言念君子,温其如玉";《礼记》里有"君子比德于玉焉,温润而泽,仁也"。

由于我国云南和缅甸毗邻,云南便有了得天独厚的优势发展珠宝业。进入珠宝店便会看到人头攒动、人来人往的热闹景象。

一个人如果具有了玉的品质,他就会坚忍、诚信、高雅、温婉、仁爱和缜密,他的人生观、世界观、价值观就会为多数人所钦佩,这就是他的人生意义和人生价值所在。如果人们都能以玉的品质来要求自己,世界就会温婉如玉,晶莹亮丽。

孔子故里之行

我上小学时，爸爸单位里的同事要到泰安去游玩，我也想跟他们一块去，因为爸爸不去所以坚决不答应我去，我一气之下只身骑自行车去了曲阜。下午回到家，我为了证实自己去了那里，还向妈妈炫耀我买的纪念品。妈妈没有吭声，既没有抱怨也没有生气；爸爸回到家装作一无所知的样子。其实我倒想知道他对此事的反应，即使狂风暴雨我也心甘情愿。不过爸爸妈妈都没有丝毫责怪我的意思。每每回想此事，一股暖流涌遍全身，真切地感受到父母对我的疼爱和百般呵护。

那时只记得孔林门外，两列树木古朴苍老，盘根错节，犹如虬龙盘旋其上；孔林里边，游人稀少，树木高大挺拔，野草遍地，满目苍然。等我出门向老大爷支付看车费时，老大爷语重心长地说："孩子，你这么小，钱付不付都无所谓，就是别把你自己弄丢了啊！"到现在这些话语还萦绕在我耳边，温暖着我一路前行。

光阴荏苒，我去过曲阜多次，常常游览孔府孔庙，每次去有每次的收获，可是再没有去过孔林。

今年 5 月黄金时节，我们一家三口去了孔子六艺城和孔林。

孔子六艺城，于 1993 年建成，是根据孔子提倡的"礼、乐、射、御、书、数"六艺而得名，分为"礼厅""书厅""御厅""乐厅""射厅""数厅"等多处景观，是一座集知识性、娱乐性、历史性、趣味性等多功能于一体的文化旅游城。

孔子六艺城给我们印象最深的是在御厅坐"牛车"周游列国的场景。在那里我们犹如进入时间隧道，跨越时空，穿越回到两千五百年前，游历了鲁国街市、鲁宫后花园、卫国集市等地，感受了匡城被围、陈民驱傩、南子寝宫、黄河泛滥、宋人伐木、晋国之乱、归鲁等一个个场景。虽说场景都是人造虚设的，但解说者在险象环生的音乐伴奏下绘声绘色地对每一场景的讲述，听来使人毛骨悚然。体验到孔子历尽千难万险的经历，我们不由得发出时势造英雄的感慨，同时也感慨孔老夫子为了推行自己的思想和主张，在兵荒马乱中与众弟子冒着生命危险辗转于旅途中的坚韧。

我们能想象出孔子"累累若丧家之狗"的样子。也许他不会料想到后人能如此推崇他的思想。他和弟子们也想象不到《论语》对后人影响那么深远。生前艰难身后荣耀的先人，他是其中之一。

从"牛车"上下来，女儿感慨地说没有白到六艺城。其实它和上海世博会场馆比相形见绌，运用的高科技手段少不说，灯光、音响、布景、道具等都比较一般，没有在上海世博会上那种美轮美奂、身临其境的感觉，但是瑕不掩瑜。也许是它的出生时间早于上海世博近二十年的缘故吧。

书厅是一处具有中国古典文化气息的旅游场所。一楼为书画展厅，一楼与二楼之间有两株仿生银杏树，暗含孔子杏坛设教的寓意。

二楼为七十二贤群塑，孔子塑像设于众弟子之间。群像后面有一组木刻半部《论语》挂壁，暗含"半部《论语》治天下"之意。二楼回廊展示的是《孔子圣迹图》。整个大厅虽说场面宏大，但是木刻上的字迹离人太远，很难让人辨认，回廊上的字迹重叠模糊，更让人眼晕。最代表中国文化精髓、最具有中国传统文化底蕴的地方，竟然出现如此大的纰漏，不得不使人感到遗憾。

孔子故里园内房屋井然有序，飞檐翘角，独具特色，生动展现了鲁国民居风貌和民俗文化。"忠、孝、仁、义、智、勇、廉、信"思想在此均有生动体现。酒坊、油坊、豆腐坊等孔府百户作坊赫然呈现在游人面前，使人亲身感受到鲁国的古朴风情，瞬间有跨越千年之感，恍然间自己变成一个游离于古代与现代的"超人"。

在这里能使人真真切切学到修身养性之道，净化人的心灵。这里的每一块砖、每一片瓦、每一寸土地甚至房屋门面上剥落的油漆都能诉说一段美丽故事，诉说过往历史，诉说岁月沧桑。

其他一些景点有些破败，不是很尽如人意，但至少让我们真切体会到了孔子思想的博大精深和源远流长。这就已经足够。

大约下午五点我们才到达孔林。孔林是我国规模最大、持续年代最长、保存最完整的一处孔子及其家族专用墓地和人工园林，内有树木 4 万余株，分 31 科 72 种，有侧柏、桑树、楷树、榆树、枣树、杨树、女贞等，其中的 9445 株被国家列为一级、二级古树名木。其中楷树又称黄连木，落叶乔木，观赏树种，木质柔韧，久藏不腐，用它雕刻而成的器皿呈金黄色，晶莹美观，玲珑剔透。相传，楷树是孔子弟子子贡从海南带回种植在孔子墓旁，清康熙年间这棵树遭雷火焚烧，人们遂将枯枝画成图像刻于石上，取名"子贡手植楷"，又在石上建亭，名"楷亭"，如今碑与亭俱在。楷树与河南周公墓前的模树相对应，"楷模"一词由此演变而来。有"曲阜三宝"之称的楷杖和如意的原材料都是来自楷树。孔林不仅是个大植物园，也是座"活化石"博物馆。

孔林外游人如织，门前的两列古柏仍然坚强地挺立着，只是更古朴更苍老，如鹤发童颜慈眉善目的老者。也许它们是孔子的化身，正默默注视着世间的人情冷暖，闲看花开花落。

夕阳西斜，天色将晚，我们一家三口乘坐电瓶车游览孔林。当我们驱车进入至圣林门的时候，眼前为之一亮：满地的蓝紫色二月兰绵延而去，目光所及，全是蓝紫色海洋和绿色海洋，沁人心脾，赏心悦目。古木参天，星罗棋布地挺立在花草之上，柏树的墨绿及栎树、槐树和榆树等树的浅绿色呈现在游人眼前，鸟儿婉转枝头，空气清爽甘冽，曲径通幽，墓冢座座，碑碣林立。

车上乘客不断发出惊叹声，似乎我们跨越千年回到陶渊明笔下的田园风光。虽然没有"采菊东篱下，悠然见南山"的格调，但是我们悠然于林海中，被满眼绿色和蓝紫色包围，早已惘然，心灵也被荡涤得如这林中盛开的二月兰。

电瓶车在洙水桥停下，大队人马向北挺进，我们瞻仰了孔子、孔鲤、孔伋祖孙三代墓冢。面对他们的古墓，我肃然起敬，似乎在倾听他们的教诲。愿他们在地下安息，感谢他们为我们人类做出的贡献。新油漆过的楷亭默然挺立在风中，伴随在古墓旁边，守护着一方圣土。

母亲曾说她老辈的坟墓都安置在孔林里，我庆幸自己身上也流淌着孔家血液，为此深感自豪。大约晚上七点钟，我们全家才回到泰安，虽然劳累颠簸，但是我们都觉得这次旅行收获颇丰。

天边有朵雨做的云

云南位于中国西南边陲，由于所处纬度低且海拔高度不一，植被呈现垂直多样性分布，有"植物王国""动物王国""药材王国"之称，一直是人们向往的地方。它的省会昆明，夏天不热冬天不冷，一年四季如春，有"春城"之称。

在我的想象里，那里一定常年春意融融，生机盎然。

以前姐姐从云南旅游回来，说云南是最适合居住的地方，在那里，可以体会到芳草萋萋和小桥流水人家的意境，她甚至有不想回来的冲动。于是我在脑子里勾勒出有关云南的画面：小溪欢快流淌，树木葱翠，芳草萋萋，鲜花遍地，蝴蝶翩跹，人们在草地上追逐嬉戏。

等我到了云南，才发觉那里的高楼大厦，街道上来去匆匆的人群，马路上川流不息的车辆，其实与北方没有什么两样。这打破了以前我对云南的心驰神往，那种神秘感在眼前消失，长期在脑中的设想也消灭殆尽。我忽然有种失落感，就像最初见到西湖的那种感觉一样。

从云南回来，我好长时间没有提笔，不是不想写云南，只是想让时间过滤自己的情感，沉淀自己的思想，淘汰一些感性的内容，能更真实地去书写云南，抒写我心中喜爱的云南。

有人曾形象地评价跟团旅游为"车上睡觉，车下尿尿，景点拍照"。其实心态不同，获得的享受也不同。坐在车上，透过车窗，可以欣赏连续不断的山脉，领略不同民族的建筑风格，一睹白鹭停落在葱翠稻田的场景。每次看到流动的犹如黄汤的河流，我总会惊诧不已。谁说南方都是山清水秀，云南这里很多地方"山青水不清"。

北方只有一条黄河，这里却有数不尽的"小黄河"。每次看到一条小黄河，我心里就给自己这样解释：这是由于矿产资源丰富之故。如果对不时变换的景色看腻了，你可以闭目养神，任凭思绪自由驰骋，这也是很惬意的一件事。

也许是旅游旺季，每到一个景点，你都会看到熙熙攘攘的人群，到处人声鼎沸。这好像不是去观景，而是去看流动的人群，不过你也会是这洪流中的一分子。你和其他人都是那里匆匆的过客，大家的气息瞬间消失在历史的洪流中，也许只有历经沧桑的石板和默默挺立在风中的古树见证你的到来时，你不应无端地烦恼，倒要充分享受这种热闹拥挤的场景了。

踏着通往丽江古城的石板路，我顿时感觉犹如穿越回远古时代。时间忽然凝固不前，似乎嗅到古人的气息，仿佛能看到古人踩着石板路穿行其中。或有胡子花白的老者拄着拐杖蹒跚而来，那种敲击石板路的笃笃声久久回荡在空中；再或者稚嫩的孩童跌跌撞撞走在石板上，嘴里还不时发出咿咿呀呀的音调；长途跋涉的马帮来到这避风的港湾，马群在渴望片刻的宁静，喷出的鼻息声变粗变大，马蹄踏在石板路上的嗒嗒声更加清脆悦耳，久久回荡在空中，和着花香弥漫在小巷里，飘荡在庭院深深的阁楼间。

丽江街道虽说狭窄，没有大理街道的宽阔和商铺的气派，却并不感觉拥堵，倒处处透着厚重感、亲切感和沧桑感。古老的街铺、光滑的石板路、苍老的古树和高远的亭台楼阁似乎在向我们述说世道更迭，历史变迁，人间悲欢。

小时候每每读到《桃花源记》，心里总会升腾起一种渴望，痴痴遐想要是自己有一天能过上这种日子该会多么惬意！那种想法不时萦绕心间，久久挥散不去。去了玉龙雪山，小时候的想法又在脑中升起。也许这和玉龙雪山的传说脱不了干系，还和它绝美的景色有关。

爱情是亘古话题，玉龙雪山流传着一段段凄美而又超然的爱情故事。纳西族相爱的年轻人如果得不到父母同意，不能结婚，他们就会来到玉龙雪山上的云杉坪殉情。在传说中，二人会进入玉龙第三国，在那里过着丰衣足食神仙般的生活。从故事中我们可以看出纳西族人对生命的理解与我们不同，这和佛教的内容有相似之处。

纳西族人将玉龙雪山视为神山，不是无缘无故，而是因为那里的景色变幻莫测，妙不可言。云杉坪上迎春花开得正艳，摇曳在风雨中，满眼浮动的黄花和绿油油的青草一直延伸到乌云深处的玉龙雪山。远处的牛马在牧场上悠闲地吃着青草，似乎霏霏细雨和它们毫不相干。北东南三面云杉坪被树木环绕，古木参天，枝丫上的树胡子形态各异，枯枝败叶遍地，西面便是玉龙雪山所在的位置。

细雨蒙蒙，乌云将玉龙雪山裹得严严实实，好像一块灰色大幕布从天上垂下，仅有两条银色的细线耷拉下来。游客不时抱怨遇到这样的鬼天气，没法一睹玉龙雪山的风姿。

细雨开始变大，旅游团的人大都不愿意往前进，丈夫和女儿也不愿意再向前走，我只好一人走在木板栈道上。走不多远，所有的噪声隐去，从林中流出的水汇集在一起，流向云杉坪，却不见河水的影子，只听到水流动的声响。木板栈道上有几个人远远走在前面，后面不见一个人影，四周寂静异常，只能听到被雨打湿的鞋子踩在栈道上的沉闷声，水流动的哗哗声，还夹杂着细雨落在树上、雨衣上的沙沙声和啪嗒声。

庆幸老天不作美，要不自己无法独享这份难得的宁静。我展开双臂，感谢能有这片刻的安宁，喧嚣声早已跑到云霄外，天籁、地籁汇集于胸，眼睛也被周围的景物洗亮，自己的心似乎也被这场雨荡涤得清澈透明，仿佛九百六十万年前自己就是那里的一分子。

从云杉坪坐电瓶车到索道口，再乘坐索道下山，然后沿着山谷，走一小段路，便看到一片犹如在牛奶中洗过的河水默默向山下流去。如果没有亲眼看见，你绝对不相信会有牛奶样的河水，这就是白水河。再抬头看玉龙雪山，时而乌云密布，时而云蒸霞蔚，时而又云淡风清。

沿着山谷继续向下走，从上往下能清楚地看到几处比较大的溪水聚集在一起，从周边石砌坝堤可以看出人工修造的痕迹，但并不吸引人。每处溪水向山下流动，只要有拦截坝堤都会形成瀑布。瀑布或大或小，仅一处稍有气势，这气势远不及东平的戴坝。

每逢雨季站在戴坝下，你能体会到虎啸山林的气魄。只可惜它周围没有大山相依托，阳刚之气有余，妩媚婉约不足。住在山区里的人对拦坝贮水司空见惯，不会有多少兴趣。

到了电瓶车停放的地方，我们再往上看，感觉就不同寻常了。

河水的颜色由最初的奶色变成蓝莹莹的颜色，离我们较近的水域却透出深深的亮绿，又由于河谷远远望去犹如一弯月亮，蓝月谷的名字由此而来。靠近岸边的河水变成土黄以及黄白相间的颜色，河中偶尔有一处小沙丘，游人在此驻足嬉戏，对面又有被树木裹得严严实实的青山做映衬，还有更远处的犹抱琵琶半遮面的玉龙雪山为依托，这种不可言状的景色着实令人震撼。

玉龙雪山的整个身姿完全显现出来，但见青黛色中有两条如银似雪的白练呈现在眼前，想必那一定是飞泻的瀑布。不一会再看玉龙雪山，它又被淡如轻纱的白云环绕。不知何时，细雨早已经不知去向，太阳时隐时现，空气澄净透亮，你不得不为玉龙雪山的万千气象和妩媚深深叹服。

试想，在碧蓝的天空下，青黛色的玉龙雪山上顶着一圈小白帽，薄如轻纱的白云环绕其间，眼前有郁郁苍苍的青山做陪衬，脚边又有蓝莹莹泛着绿色的河水缠绕，这将会是怎样一幅画面！任凭你去想。在我，一定屏住呼吸，大气不敢喘，甚至禁不住泪水涟涟了。

我和云南已经有了约定，几年后我还要去那里寻访心中圣地，找寻遗留在那里的脚印，重温美好记忆，捡拾快乐时光，追寻心中梦想。

再见了，那块污染较小的土地，那块在我心中圣洁的土地，那块南天有块雨做的云的土地。

神奇的土地

一

几年前从西藏旅游回来，我一直没有动笔，不是不想写一些文字，而是想沉淀思绪，让自己更理智更真实地去看待它和描述它。

有人曾说，身体和灵魂，总有一个要在路上。读书能给人打开另外一个世界，开阔视野，提升格局，体验他人的感受，窥探他人隐秘的内心世界，感受世界的无垠和多样性，到达身体和脚步到达不了的地方。旅行是另外一种方式，身体到达了诗和远方，用眼睛享受别样风景，用双手感知异样世界，用脚步丈量大地，真真切切带给人震撼和感悟。

有位去过西藏的同学曾说，在西藏生活犹如在镜子里一般。对我来说，去拉萨时并没有如此感觉，但是在林芝却真实地体验到了这一点。在林芝，我感觉生活在仙境里，感受到诗和远方，也仿佛到了梦境没有到达的地方。

二

　　我们乘坐飞机到达林芝时，太阳微露，朝霞满天，岚气蒸腾，青山葱茏，白云缭绕，目光所及都犹如在水中清洗过一样，也仿佛在镜子里照着一般。

　　接着我们坐大巴到尼洋河畔用餐。立夏已经过去许多天，尼洋河水并不宽阔，但也小有气势，老远就能听到河水哗哗流动的声响，风不时吹响在耳边，河道宽阔，蜿蜒曲折流向远方，形状各异大小不等的鹅卵石遍布河道，一些楼房隐约挺立在河对岸。远处青山连绵起伏，青山上面驮载着棉絮一样的白云，铺展了半个天空，白云上面是碧蓝的天空，那种蓝是在水中洗过泛着光亮的蓝，是让人心灵得到净化的蓝。我们一行人中少数坐在岸边的亭子上欣赏风景，大部分人都直接走近河道，欣赏着周围的一切，不时拍照，将大自然的美好永远定格，将一刹那封存，留给以后欣赏、回忆。

　　据记载，这条河是黑颈鹤越冬区。我想象着冬天来临之际成千上万只黑颈鹤铺天盖地地飞到这里，乌压压一片，占满尼洋河道，熙熙攘攘，络绎不绝，呼朋引伴，高歌长鸣，好不热闹。

　　第二天上午，我们一行去游览卡定沟景区。坐在大巴车上，窗外青山绵延不绝，路边河水清澈透亮，风光无限，美不胜收。我们到达山脚下时，导游给我们讲解了山岩上呈现的各种图像以及它们名字的由来。他指着一块像佛祖的岩石让我们看，那石头确实很生动形象，活脱脱将佛祖的面容呈现出来。由于旅游景区开发稍晚，人文资源相对欠缺，但是自然景观却丰富许多。

　　我们一行分头徒步前行。上山的小道并不宽敞，也就能容纳两三人并排行走，路两旁都是生机盎然的各种树木，有的旁枝斜出，做欢迎状来迎接我们。再往前道路两旁是密密匝匝葱翠无比的青竹，路边的小溪欢快地从竹子旁流过，一座白色基调的小石桥呈现在眼前，不由得让人想起小桥流水人家的意境，也让人怀疑身处江南。起初流水声不算大，越往上走水声越大。在山脚下时还能看到山头，现在全被眼前的绿色裹挟，满眼都是绿，满身都是绿，甚至水声也变成了绿色充斥着耳鼓，整个人都沉浸在绿色海洋中。

再往前走，水声轰鸣，声震如雷。等走到近前我们才能看清从山顶倾泻下来的天佛瀑，水流恣意宣泄，似乎山顶上有一片决口的水坝，水流源源不断。瀑布落在山体上，水花四溅，声声震耳。看着眼前的瀑布，着实惊叹于大自然的杰作。

我纳闷：远远望去山顶上只是平平坦坦的岩石，没有任何植被，周围也不存在任何高山，为什么那瀑布源源不断往下流淌？书本知识永远不及真实感受来得直接，也更具有冲击力和震撼力，通过亲身实践还能激发人的求知欲和探索欲。看来，老师在课堂上讲解知识一百遍不如孩子亲身实践一遍更有说服力，正像陆游所说"纸上得来终觉浅，绝知此事要躬行"的道理。

下午我们又坐大巴去了鲁朗林海。鲁朗，藏语意为"龙王谷"，意思是让人不想家的地方。其海拔为 3700 米，坐落在深山老林中。

我们从大巴车下来，映入眼帘的是蓝天、白云、雪山、森林和草甸。远处青山连绵不断，山顶覆盖着积雪，和蓝天上的白云相映成趣。广阔的草甸铺展开来，尽管已经进入夏天，由于海拔高，草甸的颜色有些发黄，但也显现出勃勃生机。如果仔细观看，你会惊奇地发现各种各样五颜六色的籍籍无名的野花正吐露芬芳，向游客展现自己最美丽的姿态，似乎在久远时代我们早已有约，要在雪山见证下来一场浪漫之旅。我小心谨慎地走着，生怕踩疼它们的肌肤和灵魂，耽误了一场君子之约。

我们几人不断向前走，渐渐稀疏的树木和灌木丛呈现在眼前。树木主要以云杉和松树为主。再向前进，便进入一片原始森林。里面的光线有些暗淡，树木的形状各式各样，粗的，细的，直立的，歪斜的，横倒的，不一而足。虽说森林里光线暗淡，但是视野极为清晰。很多树上都爬满了树胡子，密密麻麻，斑斑驳驳，白花花一片，远远望去，每棵树犹如得了白癜风一般，阴森冷峻，让人不寒而栗。似乎这里的每一棵树甚至每一根树枝都有不为人知的故事，都隐藏着一个古怪精灵；也似乎开天辟地时这片森林就已经存在，神圣而不可侵犯。目睹这些让人心生怯意和敬重，我们一行人不由得匆匆离开那片树林，也不由得对大自然心生敬畏和悲悯。

又回到那片草甸，再抬头望蓝天、白云、雪山以及周围所有的一切，都觉得那么美好和悦目，我们似乎刚从地狱里逃脱出来。

之后几天我们又游览了几处景点，给我印象最深的是游览巴松错。当我们站在观景台上眺望时，我们被巴松错湖震撼了。对面的青山淹没在烟雾中，一会被乌云裹得严严实实，一会露出山头，一会又被薄如轻纱的烟雾笼罩，似乎是一位害羞的姑娘，始终不愿露出自己真实的面容。湖水湛蓝湛蓝的，那不是天空的湛蓝色，是亮丽的浅蓝色，是只有用水彩才能调绘出的那种颜色。我不由得感慨，面对美景，不论你用什么样的词汇和多么优美的语言来描述，都显得苍白无力，也无法最真实和最贴切地表达出自己的心境和心绪。

导游说湖水的颜色随季节变化而变化，有时是蓝色，有时变成深绿色，有时变成墨绿色，可能是由于季节不同水里的矿物质不同而引起的。我认为这种鲜亮的湖蓝色最美。

玉龙雪山下面的蓝月谷能与之相媲美，那里溪水颜色有些是奶油色，有些是浅蓝色，还有些是亮绿色，也有些是黄色，这几种颜色和谐而又不可思议地充斥你的眼睛，再以蓝天白云青山为背景，着实让人享受了一场视觉盛宴。

在家里每当早晨拉开窗帘，泰山便扑面而来。由于空气质量欠佳，平时泰山都是灰头土脸的，缭绕在上面的云也是灰蒙蒙的，毫无诗意可言，只有在夏天下过几场大雨后，才能看到真正的青山和白云，才能真实地感受到泰山的妩媚和俊美，但是远远没有林芝的青山和白云那么纯粹和纯净。

在观景平台我们还能看到湖心岛飘荡在湖水上，几处房屋掩映在绿树中。据说湖心岛是一座空心岛，只是我们无法辨别这个说法的真伪。通往湖心岛需要走过一道露天长廊，站在长廊上但见湖水辽阔，缥缈苍茫，波光潋滟，湖水清澈见底，颜色不再是以前的亮蓝，而是更浅的蓝色，鱼儿成群结队地游向我们，似乎欢迎我们的到来。头顶碧蓝的天空和棉絮样的白云，眼前是烟雾缭绕的青山，脚下是浅蓝色的湖水和怡然自得的鱼儿，我怀疑自己就是那湖里的鱼儿了。

我想如果在晚上，此处的风景更会美得让人窒息，一定比春江花月夜的场景更震撼和更妩媚，也更直击心灵。

导游告诉我们西藏人从来不吃鱼，因为鱼儿太小，若要用鱼填饱肚子，会牺牲太多性命，那样就不如牺牲牦牛等大型动物来解决温饱问题。有人感叹这里的鱼儿最幸福，过着神仙般的日子，既能享受美景又没有天敌。在湖心岛上我们充满敬意地去了解了藏族人的衣食住行，真实地感受他们的风俗习惯和信仰，对他们更多了一份尊重和理解。

在林芝我们一行人共待了五天，欣赏着美景，享受着美食，有点乐不思蜀了，不由得想用"水中花镜中月"来形容它。离开时我有些恋恋不舍，如果不是距离自己的家乡太遥远，我真想在那里买一座房子住下，天天享受着美景，天天住在仙境里。希望有机会再去拜访林芝，拜访这个在梦境里也忘不掉的地方。

三

恋恋不舍离开林芝，我们一行人坐在通往拉萨的大巴上，看过了林芝的青山绿水白云，对窗外的景色越来越失望。目光所及都是土色、灰色、棕色、土黄色色调，眼前永远闪现的是绵延起伏灰头土脸的山脉，又加上阴云密布的天空，到处都死气沉沉，没有一丝生机和活力。

在大巴车上坐了四小时后，再向车外望去更让人失望，不但色调没有变化，空气也变得灰蒙蒙雾蒙蒙，和泰安的空气没有两样。

车上也有些人指着布达拉宫所在位置激动不已。

再过了一个小时，我们下车时已是黄昏时分，布达拉宫犹如一尊佛像矗立在我们身后，神秘稳重安详，也犹如从天空垂下来的一幅油画，主要以红色和白色组成，房子错落有致，窗子整整齐齐地排列着。夜晚，想到默默挺立在下榻之处不远的布达拉宫和大昭寺就心生期待，我进入香甜的梦乡。

第二天早上，天公不作美，下起了淅淅沥沥的小雨。由于离布达拉宫和大昭寺很近，一大早吃完早餐，我们一行人手拿雨伞先向大昭寺进发，到达八廓街时雨势稍大一些，但并没有冲淡我们游览的兴致。游人越来越多，远远看到大昭寺内金灿灿的房顶和并不算高的一堵墙壁。

我们到达大昭寺门前，尽管下着小雨，两三位虔诚的信徒却在磕长头，接着匍匐前进，然后站起身再磕长头，再前进。看到他们那虔诚的样子，不由得对他们充满了敬意和尊重。

据史料记载，大昭寺始建于公元 647 年，是松赞干布为纪念文成公主入藏而建立。寺内主要供奉着文成公主入藏带进的释迦牟尼像。大昭寺是西藏现存最古老的木质结构建筑，融合了吐蕃、唐朝、尼泊尔和印度的建筑风格。主殿高四层，镏金铜瓦顶，金碧辉煌，蔚为壮观。

游览大昭寺，我们充满好奇地审视着寺内的一切。面对释迦牟尼像、松赞干布和文成公主图像，我们像欣赏艺术品那样欣赏着他们，对他们越发产生敬重之心。望着燃烧不息的酥油灯，望着陈旧的寺内装饰，望着有些油腻的地板，置身其中，你会变得深沉庄重。刹那间，你会感悟许多。那酥油气息和凝重的氛围似乎让你穿过悠悠岁月，没有见到战场上的厮杀，却目睹了菩提树下禅悟的释迦牟尼；走过转经筒你会不由得也抬起手转动，那咕噜噜的声响和着酥油气息拨开历史烟雾，是否让你有穿越和困惑之感？

我们一行人游览布达拉宫时更是心情激动。适值霏霏细雨，布达拉宫脚下摆满了各式各样的鲜花，行人手里举着五颜六色的雨伞，犹如移动的鲜花点缀其中，宫墙红白黄相间，颇有浪漫情调。不由得想起被称为"雪域情郎"的仓央嘉措写下的那么多的优美诗篇，其中有"我放下过天地，放下过万物，却从未放下过你""转山转水转佛塔，不为修来世，只为途中与你相见""磕长头匍匐在山路，不为觐见，只为贴着你的温暖"等脍炙人口的诗句。

我们先从外部阶梯进入东部白宫，然后游览红宫，之后进入西部白宫，最后经过外部阶梯离开布达拉宫。参观完布达拉宫后，我大致了解了它的整个布局和结构以及它的历史兴衰。

布达拉宫号称"世界屋脊上的明珠"，是建筑史上寺庙与宫殿相结合的杰出代表。外观有十三层，白宫东部是达赖喇嘛住所，中部红宫是佛殿以及历代达赖喇嘛的灵塔殿，西部白宫是为达赖喇嘛服务的亲信喇嘛居住。它依托整个山体建立，用巨大的镏金宝瓶、幢和经幡作装饰，红白黄三种颜色搭配，远远望去，宫宇叠砌，浑然天成，布局严谨，迂回曲折，气势巍峨，格局宏大。

布达拉宫里面有壁画、佛塔、塑像、唐卡、经文典籍，也有明清两代皇帝封赐达赖喇嘛的金册、金印和玉印，还有大量的金银饰品、瓷器、珐琅器、玉器、锦缎品及工艺珍玩，真是琳琅满目，富丽堂皇。大小宫殿、门厅、回廊等里面的墙面都有壁画，主要记载了西藏佛教发展史、五世达赖生平以及文成公主进藏过程，涉及历史人物、宗教神话、佛经故事、民俗、体育、建筑等，其中唐卡是最富有藏族特征的画种，用彩绘装潢，具有浓烈的民族特色和视觉效果。

宫内有八座灵塔，最大的是为五世达赖喇嘛修建的，耗资黄金3721公斤，镶嵌着上万颗珍珠宝石，外部镀以黄金。虽然灵塔有些陈旧，但是制作细腻，精巧别致，庄严大气，华贵精美，让人叹为观止。

由雄奇的布达拉宫，我想到金字塔的雄伟，长城的壮阔，天安门的宏大，吴哥窟的精美，泰姬陵的俊美，不得不叹服人类的智慧、审美、创造力和想象力。其实我们不能说哪种建筑更美，也不能说哪个民族更优秀，只能说这些都是人类集体智慧的结晶，是劳动人民共同创造的。世界各个国家各种民族各种肤色应该互相学习，扬长避短，吐故纳新，没有什么高低贵贱优劣之分。如果每个人都能想到这一点，都能对彼此多些理解、尊重和包容，我想世界会变得更加美好，也不会存在战争了。

四

我们从拉萨出发，去往世界上海拔最高的咸水湖纳木错。天气还算不错，上路不到一小时，气温明显下降，天空飘起雪花，风肆意咆哮，疯狂地撕扯着周遭的一切。路边的经幡迎风招展，远处山顶白雪皑皑，和天上的乌云相连接，让人感觉寒气袭人。我们本来打算在那里尽情游玩，结果由于气候异常，道路被封禁，只得扫兴返回，真正体会到西藏的天气是一日有四季十里不同天。我们也只能在刻有"国家级风景名胜纳木错"的纪念碑前留影，算是来过此地。

本来兴致勃勃，由于不甘心，我们绕道去了西藏三大圣湖中的另外一个湖——羊卓雍措，藏语意为天鹅池，又名羊湖。

羊湖有一个美丽传说。据说羊湖所在地只是一处泉眼，附近有一富户，家里一位用人达娃在泉边救起一条小金鱼。为了答谢救命之恩，小金鱼变成一位姑娘，送给达娃一件宝贝。主人知道事情后，让达娃带他去泉边寻找那位姑娘和宝贝，达娃没有顺从他的心愿，他便将达娃推进泉眼淹死。那位姑娘见到此事，现身后立即将泉眼变成滔滔不绝清澈碧蓝的湖水，那位主人瞬间淹没在水中。

听着美丽的传说，望着窗外绵延起伏的山脉，那无垠苍凉的底色，那雾蒙蒙的天空，那随着季节变化的雪线，那常年被雪覆盖的山头，撩拨着我们的心绪，想见到羊湖的心情越发急不可耐，车越往前行进我们越激动。

终于到了，我们把车停在停车场，然后向看台走去，那里是羊湖的山口，海拔差两米到五千米。栏杆上挂满了白色的哈达，迎风飘舞。我们上气不接下气地走上看台，等见到羊湖，感觉确实不一样。

头上乌云密布，身后的山头若隐若现在乌云中，对面覆盖积雪的山头稳重安详，羊湖默默地匍匐在山脚下，犹如一条飘飞的宽丝带伸向远方。由于距离我们遥远，看不出湖水是否清澈透亮，我相信那水一定清澈见底，因为有达娃闪亮的眼睛在点缀，各种水生生物一定逍遥自在。在基调沉闷的状态下，除了走动的人们和飘动的哈达，看不到生命的迹象，尽管夏天已经到来，那雾霾蓝色的湖水却只显现出一丝活力和生命力。我们还惊奇地发现一条犹如一根银丝线的小路盘绕在山腰以下，同行人说那是藏民用来转湖行走的山路。我想那也许是围在达娃脖子上的纱巾，在没有一丝生机的山间飘动，为藏民们祈福。

目睹这一切，我们好像都沉醉了，头重脚轻，耳中有轻轻的嗡嗡声，脚底下好像踩着棉花，不过至少没有感觉到恶心呕吐。我们都明白这是高原反应，是由于大脑缺氧造成的。

这里环境恶劣，生态脆弱，生命弥足珍贵，能生存下来本就是一个奇迹。面对如此险恶环境，老天能让人们生存下来，能有饭吃有衣穿，人们就会心怀感恩，心生慈悲，感恩生命，感谢大自然的馈赠,感谢大自然给予的帮助。藏族人转山转水转佛塔,来表达感恩、感谢、尊重和敬畏。

我们也充满敬畏地看着这山、这水、这片神奇的土地。

第三辑

师者心得

新师说

一提到老师，人们会不由自主地想起孔子。他有弟子三千人，当中有著名的七十二贤人。

《论语》的核心思想是"仁"，仁者爱人。个人运用仁就是君子，邻里之间运用仁就会和睦友爱，国家施行仁政就会国泰民安。它涉及如何修身齐家治国平天下，因此孔子及其弟子的思想才被历代帝王将相奉为圭臬，孔子被尊为圣人。

《师说》是韩愈的名作，他对老师的诠释是"师者，所以传道受业解惑也"。由于"闻道有先后，术业有专攻"，才有"弟子不必不如师，师不必贤于弟子"，出现青出于蓝而胜于蓝的局面。

自古以来，老师很受人尊重，但是有一段时间，人们对老师的看法大不一样，老师这个职业变得不受人尊重。自党的十一届三中全会以来，老师地位渐渐提高。为了尊师重教，国家自1985年将每年9月10日定为教师节，老师地位有了进一步提升。

在我看来，老师不但要沿用前人的因材施教、启发式教学，还应该有创新，即学习如何开启学生们的心智，激发他们的潜能，激起他们的求知欲，教会他们如何学习，培养他们积极向上、达观的心态和感恩之心，学会遇事随机应变等，而不是去死记硬背浩如烟海的知识。

"静静的深夜群星在闪耀，老师的房间彻夜明亮，每当我轻轻走过您窗前，明亮的灯光照耀我心房……"每当听到这首歌，一股暖流总会在我心中升腾。"春蚕到死丝方尽，蜡炬成灰泪始干"，有人称赞老师是辛勤的园丁，是人类灵魂的工程师，是太阳底下最光辉、最无私、最神圣的职业。这不是过分的夸赞，因为只有老师才会真心把知识毫无保留地传授给学生，绝不会保留点儿什么给自己留后路，这是教师的职业道德和良心使然。老师最大的骄傲就是看到一批一批学生走出学校大门，个个成为国家栋梁之材。老师最大的成就就是桃李满天下。

有人看到这里一定会说，因为你是老师才会如此夸赞老师。确实，我是一位老师，但我有如此之心才会有如此之说，不是老师体会不到做老师的个中滋味。其实，只要工作过几年的老师都会对学生有一种特殊的亲近和关爱。老师的良心和职业道德决定了老师不会去做违背常理的事，否则就不配为人师表。

我常常对我的学生说，你们犹如一本书，只是厚薄不一、内容迥异，如果你们精心去书写，就能写出自己的精彩和辉煌；你们还犹如一本本存折，里面存多少钱还不知道，忽然某一天这存折派上用场，才发现里面存着令人难以置信的数目。

我在教学中的主要目的是培养学生的自信心。如果一个人连自信心都没有，不要奢谈其他。自信犹如汽车里的发动机，不断推动汽车向前进；它也是催化剂，促使其他元素发生化学反应，由量变到质变。

老师不能患"近视",不能对成绩好的学生另眼相看,也不能小瞧成绩差的学生,因为孩子们的花期不同,应该给他们留些时间。要记住,"你的教鞭下有瓦特,你的冷眼里有牛顿,你的讥笑中有爱迪生"。学校只是学生最初受教育的地方,他们以后的路还很长,还要到更大更广的社会舞台去磨炼、去洗礼、去感悟。

俗话说,三百六十行,行行出状元。做老师的没有必要非得把学生个个培养成学者或教授,如果那样的话,这个社会是畸形的。社会是一个大舞台,由各行各业组成。只要老师培养出的学生能在自己喜爱的工作岗位上发光发热就足够了。工作不应该有高低贵贱之分。

老师对学生要求严厉是必要的,严师出高徒。如果园丁对小树苗不浇水、不剪枝、不施肥,不让它们沐浴阳光雨露,不让它们经历风霜雪雨的洗礼,它们永远长不成参天大树。老师要让学生明白"宝剑锋从磨砺出,梅花香自苦寒来"的道理。

现在学校出现老师不敢管理、管教学生的现象,尤其年轻教师更是如此,究其原因,现在的孩子都很受宠,父母再有些不好沟通,管理工作就会出现困难。因此,出现"受业解惑"的师者多,"传道"的师者少的情况。其实"传道"不纯,"受业解惑"也会扭曲。对学生上课不遵守纪律、打闹嬉戏、不完成作业等不良举动,如果老师不认真负责,不去管理学生,长此以往,学生会变成受害者,等他们走到社会大舞台,就会遭受更大的磨难和打击。

但针对学生的问题,老师不能一味地批评,而应深究学生出现学习或者情绪问题的原因。学校应该建立一个沟通平台,建立一个合理机制，让老师和学生都有发声的渠道，都能畅所欲言，这样师生才能和谐相处，才能互相提高，也为学生将来走上社会打下坚实的基础。

曾有人说爱自己的孩子是人，爱别人的孩子是神，很多老师都能做到爱别人的孩子，也都是人间的神仙。

托起明天的太阳

最初接到通知要带领学生去体育场参加大型公益活动"托起明天的太阳"时，我内心是极不情愿的，心想这种活动能有什么吸引人的地方，既没有实际内容又没有教育意义，简直是浪费人力物力财力，学生还容易产生逆反心理。我想，师生之间、家长与孩子之间的沟通交流仅凭一次公益活动又能有什么改变呢？

在风和日丽、草长莺飞、百花争艳的春天，我们赶到了活动现场。

场地设在一个室内篮球场，场内天花板以及四周墙壁全部用五颜六色的彩球装点，紧挨北墙中间设立一个大舞台，舞台上面用巨大的画纸装点墙面，上有巨大红字"托起明天的太阳"，下面写有"激情付出共赢"的小字。

到了现场，我才发觉之前的想法大错特错。活动先以热身开始，不过五分钟就把大家的积极性调动起来。老师、家长、学生以及公益活动的志愿者们在场地尽情舞动，音乐轻松明快，气氛热烈，大家笑声朗朗，其乐融融。此时什么烦恼忧愁郁闷早已抛到一边，我们面前只有舞动的人群，平常一双双倦怠的眼睛、一张张疲惫的面孔全都在这种氛围中变得明亮红润起来，头顶上的彩球似乎也变得鲜活灵动起来，扬着笑脸不断向我们欢呼喝彩。

接下来的节目是让师生或家长与学生进行面对面的交流与沟通，提问内容包括"最近一段时间你最快乐的一件事是什么""你最烦恼的一件事是什么""你这一生中最感谢的人是谁"等。因为师生、家长与孩子之间都是随机搭配的，所以相互之间的交流全无心理障碍，大家都能在轻松和谐的氛围中敞开自己的心扉。尽管有两百多人参加，但现场并不过分嘈杂，大家都在静心倾听对方的讲述。

音乐轻轻流淌在大厅中，如静静流动的小溪水，缓慢、舒畅、悦耳、动听。大家的心扉是敞开的，此时的心也是最柔软的，我们似乎都能听到天籁，又感觉如小苗久旱逢甘雨，它润物无声，却滋养生命，荡涤心灵。

上午最后一个节目是让人们说出自己最感恩的人，好多学生踊跃参加，讲述自己的成长故事。有的学生说自己不知道感恩父母，不知道父母的艰辛，只是一味反叛任性等，有的边说还湿了眼眶。由于都是肺腑之言，听者无不为之动容，好多人都悄悄抹去脸颊上的泪水继而又面带灿烂幸福的笑容。主持人再让孩子自己的家长来发言，每个家长也都和着幸福的泪水诉说对孩子的感谢和对孩子的宽容和理解。

下午由学生表演节目，仅仅一个小时的准备时间，他们就自编自演了小品、歌舞、话剧等节目。虽然时间很仓促，内容不很成熟，但他们都用心策划，精心准备。

我们看完学生们表演的节目深有感慨：只要我们给孩子足够的时间和空间，孩子都有自己独到的地方，都能绽放自己的美丽，都能书写自己的精彩。只是由于种种原因，他们的天性很难有发挥的空间。

另外"风与草""火炬"等节目都在告诉孩子们，社会是个大家庭，我们都是大家庭中的成员，要学会合作，学会共赢，要相信集体的力量，要有团队精神。正像大家在白布上写的那样：要相信人间有爱，爱能使我们所向披靡；要相信自己，自己就是自己的指路灯；要相信团队，团队能使我们战天斗地……正像舞台画纸上写的那样，"激情、付出、共赢"，这是主旨，是这次公益活动的精髓。

这次公益活动由山东各地的十位董事及老板举办，费用大部分通过募捐的方式来筹集。我由衷感谢他们，他们的真诚，他们的知恩图报和他们取之于社会服务于社会的理念帮助我们成功举办了这次活动。在现在物欲横流的社会里，我看到了一些希望，我相信通过我们每个人的努力，社会会更加美好。

活动最后，当十位主办人和义工出现在我们面前时，我们由衷地向他们投去敬佩的目光，我们真诚地将传递着祝福、感恩、真诚和爱的蓝丝带系在他们手臂上，祝福他们好人一生平安。

"只要人人都献出一点爱，世界将变成美好的人间……"熟悉的歌曲在我耳边回响。

春天代表着生机勃发、欣欣向荣，我想孩子们就是春天，我们只要给他们充足的雨水、养料、阳光，他们就会茁壮生长，成为明天的栋梁！

这次公益活动给我的震撼特别大，我觉得应该经常让学生们到户外、到大自然中去探求知识，寻求真理，这比整天在教室里埋头苦读强百倍。因为国家要变得富强，需要方方面面的人才。从某些方面来说，健全的人格比知识更重要。

通过这次活动，我想我们需要反思。其实课外活动实验课本身应该是教学的一部分，我们不应该将这些活动与教学割裂开来。这样既能教给学生知识，又能教给他们做人的道理，我们何乐而不为？

愿我们老师行动起来，还给学生一片蓝天，让他们快乐自由地探求知识，托起明天的太阳。

润物细无声

梁启超曾说，少年强则国强。孩子是祖国的花朵，是祖国的未来，是祖国的期盼。人人都知道要注重对孩子的培养，由于社会和家庭的压力，学校不得不给老师戴上紧箍咒，老师不得不给学生戴上紧箍咒，于是有的时候老师厌教、学生厌学。

要改变当前教育存在的问题，不是一蹴而就的事，需要一个长期的过程。面对这种情况，我们做老师的应该怎样应对呢？我想，我们老师不能消极被动地接受，而应该积极面对这种局面，在有限的空间内让学生的生活多姿多彩。

现在教学内容繁多，学生们学习压力很大，整天泡在课堂和书本里不能自拔。作为班主任的我，更能深刻地体会到这一点，但是我会在自己有限的范围内让学生快乐成长，鼓起他们理想的风帆去面对挑战、面对考验。我时常鼓励他们多读书，读好书；教育他们要善待父母，善待家人，要助人为乐，要常怀感恩之心；培养他们的求知欲，激发他们的潜能；等等。

手抄报对大家来说并不陌生，随着时间的推移和高考压力的增大，好多学校和老师已经将它淡忘，但是为了丰富学生的课外生活，拓宽他们的知识，减轻他们的学习压力，我开展手抄报活动。我将班里的学生分成十个学习小组，每小组都由组长和成员组成。每到周末我让两个小组同时编辑手抄报，进行较量，最后决出胜负。自从办手抄报活动以来，学生踊跃参加，积极寻找材料，精心策划版面。小组成员之间的合作大大增加，也显得更加团结。一个月后，我班教室后面的墙壁上便贴满了手抄报，犹如一朵朵奇葩竞相开放，香气扑鼻。

手抄报版面新颖，生动形象，或打印，或绘画，或素描，不由得使人眼前一亮。手抄报的内容丰富多彩，有对环境保护的展示，有对大自然的探索，有对人生的追问，有对理想的追求等，不一而足。在这里我看到学生对知识的渴求，在这里我对学生更多一份宽容和理解，在这里我更能感受到后生可畏，在这里我更能展望祖国的未来。

其实每个孩子来到这个大千世界，都有自己独到的地方，都能写出自己的精彩，只是我们大人有意无意地忽略了他们的特长。这是值得我们反思的。

办手抄报只是很小的一件事，但是对学生的成长却有积极的影响，因为它能教会学生很多知识、很多做人做事的道理，也许里面的一句话有可能影响他们的一生，甚至改变他们的命运。如果手抄报能起到这样的作用，我这个做班主任的也就心满意足了。

精彩一世，智慧人生，这是我由衷的祝愿。

为学生撑起一片蓝天

　　有人赞誉老师为辛勤的园丁，也有人赞美老师"春蚕到死丝方尽，蜡炬成灰泪始干"，还有人夸赞老师是"太阳底下最光辉的职业"。其实这些并不是溢美之词，因为老师是教书育人的工作，不同于别的任何一种职业。

　　教书育人是一门科学也是一门艺术，需要老师不断学习和深入研究。尽管它看不见摸不着，但是它犹如一盏明灯，照亮学生前进的道路，使他们在长途跋涉中不感到孤单和寂寞，不断奋勇向前。医生能延长病人的生命长度，老师却能拓展学生的精神宽度和高度。

　　十年树木，百年树人，但是树木的过程和树人的过程有天壤之别。如果没有天灾人祸，只要及时浇水施肥再加上阳光雨露滋润，小树苗就可以长成参天大树。可是育人却要辛苦得多，老师面对的不是一棵棵硬邦邦的树苗而是性格迥异、接受能力千差万别的学生。真正合格的老师要根据孩子的不同特点、不同能力、不同爱好去教导他们，这样孩子才能健康苗壮地成长。

　　如果老师真心付出，对待学生像对待自己的孩子一样，他们也会真心对待老师。记得一次课间,一男生让我坐在凳子上,旋即从自己的桌洞里掏出一袋果脯让我吃。平时我不爱吃零食,当我推却时,他执意让我吃哪怕一块。这时站在一边的一位女生开玩笑说,小心里面有毒。不想他一时心急,当即抓起一大块放进嘴里,英俊的脸蛋顿时变得鼓鼓囊囊,边吃边真诚地对我说:"老师,没事吧,你就吃了吧。"看到他憨态可掬的样子,我盛情难却,也像他一样吃起来。他一脸的灿烂和满眼的幸福感染到了我和身边的每一位学生。

有一天,一位女学生悄悄走到我面前说:"老师,这两天看你的嗓子不好,正好妈妈出差,我给妈妈打电话让她为你买来杭州白菊!"面对天真无邪的学生,我无法说些什么,只能小心地收起她送的花茶,对她表示真诚感谢。礼物虽然不贵重,但那里面藏着学生对老师的关爱,藏着浓浓的师生之情,也藏着一颗让人化掉的真心,这无法用金钱来衡量。当然还有很多这样的例子。每当工作疲惫或者懈怠时,我都时时告诫自己要对得起学生对我的关爱和真诚对待我的每一颗心。

师者,所以传道受业解惑也。作为一名从教三十年的教师,我越来越佩服韩愈老先生的真知灼见。确实,单纯传授给学生知识的老师不是一位合格的老师,更不是一位好老师。在教育学生过程中需要老师的爱心、善心、耐心、真心和诚心。说实在的,如果老师拿出对自己孩子的真情实意和一颗宽容仁慈的心,我想所有学生都会学有所成,学有所获,成为一个健康的孩子,也会成为对社会有用的人。在这里我并没有唱什么高调,而是肺腑之言。我认为作为一名好老师应该做到以下几点。

首先,好老师要有良好的品德。学高为师,身正为范,身教胜于言教。老师要有高尚的道德情操和良好的行为习惯，在各方面严格要求自己，这样学生就会潜移默化地受到影响，不由自主地向老师学习。

其次，好老师应该有良好的修养。如果老师在教育学生时，对他们讽刺挖苦，甚至嘲笑他们，学生肯定不会信任老师，也肯定不会向善的方面发展。老师在与学生交往时，要像朋友那样平等地对待他们，善于发现他们的闪光点，激发他们的潜能。俗话说，好学生是夸出来的，而不是骂出来和打出来的。

再次，好老师应该有高雅的情趣。在学生与老师的交往中，学生会钦佩老师的个人魅力，好的老师会让他们感到如春风拂面，又如置身于花海，使人有说不出的愉悦和欢欣，在不知不觉中提升自己。

最后，好老师还应该拥有渊博的知识，正像人们常说的"要想让学生有一杯水，老师必须有一桶水"。学生好奇心大，求知欲强，当他们意识到知识储备不足时，会有探求知识的欲望。尤其当学生遇到自己不知道的或者新奇的知识时，他们总会睁大好奇又兴奋的眼睛。而每当这时，也只有老师才能体会到传道受业解惑的自豪感和幸福感。那闪亮的眸子里藏着对知识的渴求和对老师的钦佩，也藏着对未来的憧憬和期盼。

当然好老师也要注意自己的仪表。良好的形象能让人眼前为之一亮，无意中拉近师生之间的距离，还能提高学生的审美情趣。

老师还要有一颗童心，这样能和学生打成一片，更能让他们亲其师信其道。

爱自己的孩子是人，爱别人的孩子是神。愿我们老师都是现实版的"好神仙"；愿我们做老师的都能为学生们撑起一片蓝天，一片让他们沐浴春风吸纳甘露的蓝天。

生活变奏曲

自 2019 年底疫情暴发以来，人们对身体、工作、前途和未来越来越有不确定感和不踏实感，也越来越真实地感受到面对灾难侵袭只有健康和生命才是一生中最重要的，其他的都是小事。

疫情严重时，好多机关单位开启网上办公模式，学校也开启了线上教学。对于刚刚接触这种新模式的教师，要面对着电脑滔滔不绝地讲课，总有种不真实感。

我们教师整天精心备课，勤恳上课，认真批改作业，就这样忙忙碌碌，但每天都有不按时上课和不交作业的学生。隔着电脑屏幕，看不见摸不着，只能干着急。刚开始我还不断督促和开导他们，但有些学生照样我行我素，不得已将他们交给班主任处理。尽管班主任苦口婆心地与家长沟通，还是有些学生油盐不进。其中一位学生天天提交只有"已做"两个字的作业，我劝过无数次，那位学生仍然无动于衷。也经常有学生想通过提交以前的作业蒙混过关，我给他们写下这样的评语："你不是糊弄老师，而是糊弄自己！学习是最自私也是最受益的事，不要欺骗自己！"我也不再像以前一样，没有脾气和情绪。

通过网上教学，我忽然开窍，想起杨绛的话语："我们曾如此渴望命运的波澜，到最后才发现，人生最曼妙的风景，竟是内心的淡定和从容。我们曾如此期盼外界的认可，到最后才知道，世界是自己的，与他人毫无关系。"确实如此，以前那么在意工作，那么在意领导、同事和周围人对自己的评判，到头来才发现那都是自己的一厢情愿，也是为自己设置的紧箍咒。

当然工作期间遇见有气魄的领导和友善的同事是一件幸运的事，会进步得很快；若遇到没有善意的同事或领导，会挫伤斗志和自信，但也磨炼了心性，人会变得更强大。

以前我工作勤恳认真，真诚对待学生，对于不完成作业、上课吃饭、打瞌睡、交头接耳的学生严加管教，如果他们不改正便会苦恼郁闷，现在我才悟道，不要用成年人的标准去责备他们，不要过分要求他们，不要对他们期望太高，也不要期盼他们能理解自己。进行提醒，一定要适可而止，做老师该做的，不能唠唠叨叨，喋喋不休。要给他们时间，让他们去思考、去反馈。对学生讲一万遍大道理不如让他们亲身经历一次来得更有效，更有冲击力。等他们以后进入社会，回想老师对他们的教诲，能真心地感激老师就足够了。

一次，以前毕业的几位学生到办公室里去看望我，说在高中学习时，老师犹如父母一样对待他们，等到了大学，整天见不着班主任的影子，感觉自己被人遗忘，也变成了没有方向的孩子，慌乱无助，不知道何去何从。那时他们才真切地体会到高中老师对自己的关爱。

有人曾说，要么读书要么旅行，身体和灵魂总有一个在路上。让孩子们读书容易，让他们一块去旅行却是一件很难做到的事情。

如果学校只想方设法让学生读死书死读书，整天只关注孩子们的学习成绩，每次考试又是年级排名，又是班级排名，又是理科排名，又是文科排名，比过来比过去，孩子们永远不会快乐，也不会有团体合作意识，也永远激发不出他们的求知欲、探索精神和创新精神。

每个学生都有自己的兴趣、爱好、成长轨迹和命运，老师对他们起引领和开导作用，如同花园里的园丁，对小苗苗浇水、施肥和剪枝，让树苗沐浴阳光吸纳甘露。但有时候，对于病虫的侵害和风霜雨雪的打击，也需要树苗自己去面对和疗愈。让他们成为该有的样子，是草成为草，是花成为花，是树成为树。在成长过程中，如果对他们进行过多干预，草不成为草，花不成为花，树不成为树，这样是无益的。

社会是一个大舞台，它和谐有序地运转，需要方方面面的人才，比如科学家、医生、教师、工程师、会计、理发师、鞋匠、技术工人等。应该让孩子们扮演自己最适合的角色。如果整个社会都由科学家组成，估计社会也是不能健康发展的。

不论家长和老师，如果他们的心理健康，不进行无聊的攀比和恶性竞争，那么每个孩子都能成才，都能在自己喜欢的领域发光发热，也都能为社会做出贡献。

第四辑

读书随感

千年飞雪千年风月
——读《飞雪千年》有感

　　阅读完梅雨墨老师的著作《飞雪千年》，我感慨万千，真实地感觉到自己学识尚浅、文化底蕴薄，需要不断学习来充实自己，提高自己的文化素养和审美情趣。

　　尽管我没有和梅老师见过面，但通过他的文章我能感知到梅老师是一位平易近人、和蔼可亲的长辈，是一位温文尔雅、温润如玉的谦谦君子，是一位心思缜密、感情丰富的人。他既有着忧国爱民的家国情怀，又有着多愁善感的儿女情长。那种对爱情的执着和坚守跃然纸上。在这个喧嚣的社会，梅老师还是一位思想单纯、内心纯净、学识渊博的真正学者，就因为这样，他的文章呈现在读者面前的永远是清新明快的调子，如潺潺流动的溪水，即使遇到挡道的大石头也能云淡风清地开辟出自己的道路，仍然一路欢歌笑语地向前流淌。

　　这应该得益于梅老师的家庭背景和家中氛围。他的父母都受过高等教育，母亲还是一位老师。他家境殷实，是家中最小的儿子。他有父母的爱怜，哥哥姐姐的呵护，家人给了他很多的关爱，所以他浑身充满着正能量，为人阳光率真。由于母亲是老师，对他疼爱有加的同时，管教也十分严格，塑造了他良好的品格。在与人相处时他性情温和，让人感觉温暖、舒服。

在《雪无尘》一文中，能明显看出梅老师的内心世界，干净、圣洁。"我对雪有着天生的痴迷"，因为"喜欢雪的人心态很年轻和干净"。雪莲能盛放在冰天雪地里，那是因为它有着干净纯粹丰盈的本质，也如梅花一样，不畏严寒，傲然独立，素洁高雅。

《飞雪千年》共分三部分："唯美爱情""烟火红尘""心香一瓣"。在"唯美爱情"部分，梅老师并没有运用华丽的辞藻来表达自己的情感，他巧妙地通过比喻、借代、对偶、夸张、映衬、双关、排比、拟人、反复等手法创造出来唯美的意境和氛围，文章如诗如画，简直就是一篇篇散文诗，但是比散文诗的内容更丰富也更有质感。

我很喜欢老师写的《我的母亲》和《怅憾八公山》，因为它们有血有肉，也更有烟火气。在《我的母亲》一文中，能看出作者对母亲的崇敬和赞美，也有着深深的思念和牵挂。作为一位教师，当逃课的学生回到教室时，母亲没有像一般老师那样对学生进行训斥，而是温柔地安抚。"母亲的声音轻轻的、柔柔的，没有严厉的呵斥和教训，有的只是心疼和怜惜。"她教育自己的孩子也是这样，常说："这个世界上诱惑很多，但是不能没有原则；眼光要长远，不能光图眼前；在任何时候，都不要随意伤害别人的感情、践踏他人的尊严。"有这样的母亲，作为孩子何其幸福！有这样的老师，作为学生何其幸运！

《怅憾八公山》主要讲述：在亿万年的时光里，由于"淮南虫"化石的出现，八公山被公认为"蓝色星球上的生命起源"，后来又在八公山上发现了迄今为止年代最早的古猿化石，使得沉寂多年的八公山名扬天下。接着又讲述八公山名称的由来以及在此发生的著名战役——淝水之战。梅老师讲解八公山时，就好像手中描绘着一幅山水画，哪里浓墨重彩，哪里虚实结合，都信手拈来，画面有质感，也有朦胧感。那缭绕山间的白云，那展翅高飞的鸟儿，那弥漫的花香，那婉转的鸟鸣，栩栩如生，让人叹为观止。

至于《小巷旧事》，作者以中年妇女的视角来讲述小巷旧事，将小巷里的人情世事娓娓道来，细致入微，精妙绝伦。我时常感叹梅老师的写作技巧和对文字的驾驭能力。老舍在《月牙》中以女主人公的身份叙写故事，英国作家艾米丽·勃朗特的《呼啸山庄》以男青年的身份展开故事情节，但梅老师却以散文形式来写，别具一格。他的文笔轻松明快，画面明丽清新，很有美感。

千年飞雪经历了千年风月，没有飘落在唐诗宋词中，却飞舞在八公山上，流淌在"烟火红尘"和"心香一瓣"里，融化在"唯美爱情"里。

精神家园

不管科学如何先进，技术发展如何一日千里，人类如何进步，人类最基本的东西不会改变，即人拥有情感。人类发展已有百万年历史，仅从人类文明史来看，我们会发觉我们与祖先有很多共性的东西。很多时候我们会惊奇地发现，祖先已经道出我们想说而又没有说出或无法表达的心声，仿佛我们和他们早已相识相知。

现在就中国文化的精髓——诗词，我略谈一下自己的浅见。

曹操《观沧海》中"日月之行，若出其中。星汉灿烂，若出其里"的诗句，让人体会到大海的浩瀚无边和波澜壮阔。李白的"君不见，黄河之水天上来，奔流到海不复回"让人慨叹人生如梦，人生苦短，和苏轼的"大江东去，浪淘尽，千古风流人物"极其相似。这些诗人早已驾鹤西去，空余唯美诗词如缕缕仙乐，萦绕耳边，滋润心田，净化心灵。

李白《登太白峰》中的"举手可近月，前行若无山"一句，仅仅十个平淡无奇的汉字组合，却使人体会到高山巍峨壮观、险峻挺拔。杜甫《望岳》中"会当凌绝顶，一览众山小"的气势，显现出杜甫的血气方刚，意气风发，也能看出他壮志凌云的气概。可是在《登高》诗中，"风急天高猿啸哀，渚清沙白鸟飞回。无边落木萧萧下，不尽长江滚滚来"让人体会到杜甫对无情岁月的无奈，这里既有对大自然的感伤又有对唐王朝衰败的惆怅。辛弃疾的《水龙吟》有这样的词句："楚天千里清秋，水随天去秋无际。"表现了他对人生的无奈，面对大好河山却无力收复，实属憾事。

北宋曾公亮《宿甘露僧舍》："枕中元气千峰近，床底松声万壑哀。要看银山拍天浪，开窗放入大江来。"诗表现了诗人不同凡响的胸襟。试想梦中有千山万壑陪伴，床下有阵阵松涛涌动，银山天浪涌入眼前，滚滚大江扑面而来，这种气势决然不同凡响，一般人也不会有如此气魄。他不愧为三朝元老。

境由情生，情由心生，心由人生，这是人最本真的东西。人本来就是大自然的一部分，要回归到大自然，去体会天地变化，四季交替。由于工作压力大，生活节奏加快，现在人们很少有闲暇登高远眺，去感悟大自然，去领略人间况味，去体味生命的真谛，只是对金钱和权力孜孜以求，这是本末倒置。回归自然，闭目遐想，你会感受到天地人的统一。这样有助于我们领略祖国的大好河山之美。

陶渊明的"采菊东篱下，悠然见南山"，那种闲散自得的生活情趣跃然纸上，让人乐而忘返；白居易的"日出江花红胜火，春来江水绿如蓝"，通过景物与色彩描写表现了作者对江南的追忆和热爱；杜甫的"两个黄鹂鸣翠柳，一行白鹭上青天"就更令人拍案叫绝，将景物与色彩完美结合，给人一种清新明快，诗中有画，画中有景的意境。

如此美丽如画的景色，怎能不激起人们对祖国大好河山的热爱？杜甫面对"国破山河在，城春草木深"能不"感时花溅泪，恨别鸟惊心"？俗话说男儿有泪不轻弹，由于国破家亡，杜甫百感交集，悲痛万分，面对娇艳欲滴的鲜花独自伤心落泪，泪水溅落在花瓣上，打湿了花儿娇美的容颜，又恼恨啁啾的鸟儿惊扰心田，可见杜甫爱国爱民至深。面对胆小怯懦的丈夫，李清照发出"生当作人杰，死亦为鬼雄"的慨叹。李煜的"问君能有几多愁，恰似一江春水向东流"就更悲怆了，江山美姜仍在，只是朱颜改。物是人非事事休，能不伤心欲绝痛苦万分？

小时候我最爱李白的诗词，因为他的诗词大气奔放，浩然之气升腾于胸；后来我最爱毛泽东的诗词，他的诗词大有气吞山河之势；现在我最爱苏轼的诗词，读他的诗词有种达观和踏实感。其实，他们的诗词都是中国文化瑰宝中的一部分，不能说谁最好最美，只能说各有千秋，这正像不同鲜花有不同形状、不同颜色、不同味道，或娇艳，或飘逸，或淡雅，或浓烈，但都能展现自己独特的魅力，散发自己特有的芳香，体现自己内在的价值。

"谁言寸草心，报得三春晖"是对母亲最美的赞誉；"但愿人长久，千里共婵娟"将兄弟之情升华到愿天下所有人生活美好安康；杜甫在"正是江南好风景，落花时节又逢君"中，既写落花春要去的暮春时节和作者见到老朋友的惊喜，又流露出对唐王朝衰败的隐忧；王维"唯有相思似春色，江南江北送君归"的诗句，正是记录了作者在春暖花开草长莺飞时节送朋友远去，那种友情如融融春意，温暖着他，陪伴着他。

欧阳修的"泪眼问花花不语，乱红飞过秋千去"，王国维评价这两句诗为"有我之境，以我观物，故物皆着我之色彩"。试想如此明媚春光，韶华不再，庭院深深，怎不泪眼点点愁肠百结？辛弃疾有"肠已断，泪难收，相思重上小红楼"的诗句，让人感慨万千，叱咤风云的英雄也能缠绵悱恻，实属不同寻常。

南宋蒋捷的《虞美人》："少年听雨歌楼上。红烛昏罗帐。壮年听雨客舟中。江阔云低、断雁叫西风。而今听雨僧庐下。鬓已星星也。悲欢离合总无情，一任阶前、点滴到天明。"词将人生况味诠释得淋漓尽致，一个人的少年、中年、老年状态清楚明了地展现在人们面前，让人感慨万千，幡然醒悟。

世界上的语言种类繁多，但只有汉语言能真正将自然界的万千气象浓缩在汉字里，将形象、韵律、声响与自然界完美结合起来，真正做到天地人合一、万物天成的境界。小小方块字暗藏乾坤，自有奥妙，自有玄机。它是中国文化的脊梁。英语有时态人称变化，阅读文章时只能体会到空间、时间和人称的改变，但享受不到其他乐趣；俄语有六格阴性阳性的不同，阅读文章时只让人明白单复数阴性阳性变化，也获取不到其他信息；日语由片假名、平假名组成，阅读文字只能了解一些字的发音，也体会不到其他意境。

汉字是象形文字，有的字表意，有的表形，有的表声。比如"日"与"月"，让人实实在在感到太阳与月亮的存在，它们的形状也不由得在脑海中显现。如果这两个字再组合起来，又变成另外一个字"明"，看到"明"让人顿时感觉眼前一亮。我们能感悟到自然界流淌在汉字里，流淌在中国文明史里，流淌在中国人的血脉里，阅读世界上其他文字是无法体会这种大自然的意境和旋律玄妙地浓缩在文字里的乐趣的。

阅读中文，尤其是唐诗宋词，我们能明了古人的思想轨迹，感悟人生的真谛，领略大自然的美妙。唐诗宋词是汉语言文学的精华，作为一个中国人如果不涉猎一些，是一大缺憾。它们犹如雨露滋补心灵之花，浇灌精神家园。因此，无论社会怎样发展，我们不能忘本，要不时和古人进行对话，去体味生活况味。作为中国人，我们割不断与祖先的联系，也割不开汉字的诱惑，更割舍不下那种对中国文化痴爱的情怀。

趣谈《易经》

据传,《易经》结合了伏羲氏、周文王和孔子三位古代圣人的智慧,被誉为"群经之首,大道之源",分为经和传两部分。经内容极少,包括卦象、卦辞和爻辞;传包括彖、象、系辞、文言、说卦、序卦、杂卦,这些合称为"十翼",涵盖天道、地道、人道,涉及万事万物的起始、发展、变化和结束,要人们以此安身立命。正像泰卦象曰:"泰,小来大往,吉亨。"则是天地交而万物通也;上下交而其志同也。内阳而外阴,内健而外顺,内君子而外小人。君子道长,小人道消也。

《易经》讲到,阴爻和阳爻组成八个单卦,即乾、坤、震、坎、艮、巽、离、兑,分别代表天、地、雷、水、山、风、火、泽。八个单卦两两相叠,再组成六十四卦。由于每卦有六爻,所以一共有三百八十四爻。

许多人一谈到《易经》就认为它是一本算命书,神秘莫测,又玄幻无边,其实它的内容不唯心也不迷信,应该比较客观和公允。它"刚柔相摩,八卦相荡,鼓之以雷霆,润之以风雨,日月运行,一寒一暑"。因为"《易》有太极,是生两仪。两仪生四象,四象生八卦。八卦定吉凶,吉凶生大业"。

人类有约百万年的历史,但有文字记载的历史极其短暂,说不定《易经》最初并不是伏羲氏所作,只是到他那个时代,他把《易经》写成文字画出八卦图,才使得它流传下来。

《易经》最难能可贵的是它将自然界中万千变化用于人类社会中,要人们做事用发展变化的眼光去看待问题,不要患得患失,乐极生悲,要防患于未然,避害趋利,最后为我所用。由于它成书时代比较久远,里面涉及的一些内容和事物已经过时,但道理是古今相通的。

对于《易经》,不同人有不同解读。有人说它是占卜之书,有人说它是哲学之书。一些占卜家、星相家和阴阳家,他们解读《易经》使自己更加高深莫测,达到立身存活的目的;而一些学者,研究《易经》无非想显示自己的博学多识,达到被别人景仰的目的,满足自己一时的虚荣心;但另一些学者,研究《易经》只是因为被它的玄妙吸引,无它;还有一些谦谦君子,研究《易经》是想尽自己的一份心力来传承中国文化,使其发扬光大。

研究《易经》孔子做出的贡献最大,他使《易经》得以完善。如果《易经》仅有卦象、卦辞和爻辞,其内容和价值都会逊色许多,但是孔子及其后学者加上"十翼",就使得《易经》灵动鲜活,富有朝气,也便于读者理解。

《道德经》中的辩证法来自《易经》。如《道德经》里有"有无相生,难易相成,长短相形,高下相盈,音声相和,先后相随""祸兮,福之所倚;福兮,祸之所伏。孰知其极?",等等。其中,"我有三宝,持而保之：一曰慈，二曰俭，三曰不敢为天下先"中的"不敢为天下先"应该是受《易经》乾卦上九"亢龙有悔，盈不可久"的启示而得。

《易经》中很多卦均涉及爻位是否中正，若居中，卦辞的内容一般都顺畅通达。《易经》对后世有巨大影响，是道家学说、儒家学说的思想根源，对以后的中医学、军事理论、建筑学、武术等也影响颇深。孔子曾说："加我数年，五十以学《易》，可以无大过矣。"

《易经》中渐卦象曰"君子以居贤德善俗"及升卦象曰"君子以顺德，积小以高大"中都能充分显示出孔子仁爱的思想。夬卦曰："苋陆夬夬，中行无咎。"意思是铲除奸佞小人要如除苋陆草那样，果敢决断，这样居中而行没有灾难。从这里我们能找出孔子中庸思想的端倪。

其实《易经》十翼里边的思想也在《论语》中显现出来。如乾卦象曰"天行健，君子以自强不息"，它的意思是天体运行刚健不已，君子因而要求自己不断奋发上进。正像《论语》中"我非生而知之者，好古，敏以求之者也"所表达的内容。《易经》中坤卦象曰"地势坤，君子以厚德载物"，意思是大地的形势顺应无比，君子要厚植自己的道德来承载万物，和论语中"君子怀德，小人怀土"何其相似！《易经》中坤卦曰"君子敬以直内，义以方外，敬义立而德不孤"和《论语》中"德不孤，必有邻"如出一辙。

子曰："不贱迹，亦不入于室。"意思是如果不沿着前人的脚步走，其学问和修养就不到家。即使书山有路勤为径，但面对浩瀚的知识，我们仍然心有余而力不足，按照圣人孔子所说去做就是最佳途径。

像《易经》《论语》《庄子》《淮南子》《吕氏春秋》《资治通鉴》

等都是众人智慧的结晶，一个人毕竟势单力薄，要想在某方面有造诣，我们只能博众家之长再推陈出新。即使一人之作如《老子》《离骚》《史记》，作者也要竭尽所能，劳心费神才能成书，可是读者只需要花费极短时间便能吸收作者的精髓，为己所用。

《易经》的出现既有必然性又有偶然性，内容当然也有偶然性和必然性。它告诉我们遇事要从两面观，逆境中隐藏曙光，顺境中暗含杀机。凡事有好有坏，有生有灭；人的境遇也有好有坏，有福有祸。世间万物都处在反反复复的不断变化中。

我们来到这大千世界，是偶然的，如果更换父母中的一位，便没有现在的我们。既然来到这个世界是必然的，我们就应该珍惜现在所拥有的，而不是去抱怨、自寻烦恼和制造事端。生活中，我们既有乐极生悲的苦恼，又有否极泰来的喜悦，于是既来之，则安之。

读《易经》，你要用发展变化的眼光看待问题，不迷信不迷失，不被其中八卦弄得神魂颠倒，"善为易者不占"。这就是《易经》的魅力所在！

伪书的魅力

　　《列子》又名《冲虚经》，是列子、其弟子以及后世学者的汇编，是道家重要典籍。全书共八篇，一百四十章，由寓言故事、神话故事、历史故事等组成。

　　列子，名御寇，郑国人，思想家和寓言文学家，是战国时期道家代表人物之一。相传他拜壶丘子为师，又先后师从老商氏和支伯高子。修道九年后，列子能御风而行。《庄子·逍遥游》曾这样描绘他："夫列子御风而行，泠然善也，旬有五日而后反。"其实这只是幻想而已，就人身体结构而言人不可能学会飞行。

　　许多人一谈到《列子》就认为它是一部伪书。古人柳宗元和高似孙首先对其发难，之后应者无数；近人梁启超、郭沫若和杨伯峻诸学者也对其质疑，均支持《列子》伪书之说；有人认为它出自西汉刘向、刘歆父子或同时代其他人之手；也有人认为它是晋人张湛所作。

　　参考《论语》《老子》《庄子》等书的语言形式、句式结构、语句运用，《列子》应是魏晋人之作，因为它语言简洁，浅显明了，和现代语言更为接近。我也赞成《列子》系伪书之说，但是就寓言和一些内容的渊源来说，它应该出自列子之手，只是由于秦朝焚书坑儒，之后又战争频繁、朝代更迭，造成大部分内容毁灭和遗失。《列子》即使是伪书，作者也是根据先秦古籍中关于列子的记载对其加工再创作的，所以它仍然具有重要的历史价值。

《列子》里有一些内容和《庄子》重复，如"朝三暮四""津人操舟""吕梁济水""痀偻承蜩""杨朱过宋""列子为伯昏无人射"等，在两部书中都有出现。有人认为张湛是《列子》一书的编纂者，认为他抄自《庄子》。不过话又说回来，说不定当时《庄子》里的一些内容由于受到《列子》的启发而产生，也未可知，只是由于历史久远，我们无法考证。假如将来科技高度发展，人们能够穿越回古代，事实便会水落石出。《列子》还明显受到佛教影响，如有"死之与生，一往一返"轮回之说。从这里又可以看出它是魏晋人编撰。但像"愚公移山""小儿辩日""杞人忧天""扁鹊易心""杨朱篇"等都是《列子》所特有的。

音乐有一定的节奏、和声、速度和旋律等，不会杂乱无章，否则就变成噪声。每位作家的作品也有一定的节奏和旋律。优美的音乐能陶冶人的情操，美化人的心灵，振奋人的精神，开阔人的视野，激励人的斗志。《列子》的节奏简洁轻快，旋律活泼轻松；《庄子》的节奏明快舒畅，旋律大气奔放。《列子》整本书的节奏始终轻松，但是《庄子》的节奏却变化多端，时而明快，时而悠扬，时而舒缓，时而凝重，时而磅礴。由此可以看出《庄子》和《列子》不是出自同一人之手。

前一段时间，有一同事看到我阅读《列子》，颇感惊讶，我问缘由，他说："一本伪书,有什么好看的!"我不假思索地说:"即使它是晋人张湛之作,距离我们已经一千多年,它也是古人的心血,既然流传下来就说明它具有一定价值,伪书也有它自己的魅力。"其实,我们没必要把大量时间花费在考证作者的真伪上面,只要给读者以美感,耐人寻味,教人向善,它就是一本好书。一个鲜艳诱人、香气四溢又没有受到农药污染的苹果,只要它营养丰富,对人身体有裨益,吃起来香甜可口,我们没必要在乎它是谁栽种的,来自哪里。

列子之学,以黄老为宗。《吕氏春秋》说"子列子贵虚"。列子认为"至人之用心若镜,不将不迎,应而不藏,故能胜物而不伤"。他继承和发扬了黄老哲学体系,使辩证法思想达到前所未有的高度,进一步阐述了自然主义的天道观。

《说符篇》中列子曰:"桀、纣唯重利而轻道,是以亡。幸哉余未汝语也!人而无义,唯食而已,是鸡狗也。强食靡角,胜者为制,是禽兽也。为鸡狗禽兽矣,而欲人之尊己,不可得也。人不尊己,则危辱及之矣。"如果这真是列子的思想,那么他的思想应该比老子和庄子的更实际也更可取。对统治者来说重利轻义就会失道寡助,轻者失去权力,重者自取毁灭;对百姓来说重利轻义就会众叛亲离,轻者失去亲友,重者亡其性命。

惠盎说:"臣有道于此,使人虽有勇,弗敢刺;虽有力,弗敢击。夫弗敢,非无其志。臣有道于此,使人本无其志也。夫无其志也,未有爱利之心也。臣有道于此,使天下丈夫女子莫不骦然皆欲爱利之。"这说明教育何其重要。因此提高人们的道德修养,培养人们的高尚情操势在必行。

《杨朱篇》中杨朱曰:"伯成子高不以一毫利物,舍国而隐耕。

大禹不以一身自利，一体偏枯。古之人，损一毫利天下，不与也，悉天下奉一身，不取也。人人不损一毫，人人不利天下，天下治矣。"由此有人说杨朱一毛不拔，对其大加指责。仔细想来，此话不无道理。如果人人都能自我约束，都能洁身自好，那么天下便不会乌烟瘴气，而是出现温馨祥和的局面。

《列子》里一些寓言，妙趣横生，耐人寻味，富有教义，值得一读。由于网上以及诸多书上都涉及书中的寓言、神话、历史故事，在这里我不再赘述。总之，《列子》带给人清新扑面的感觉，使人受益匪浅。

回头是岸

《红楼梦》的作者曹雪芹穷困潦倒,晚年甚至到举家食粥的地步,常常靠卖画度日。由于穷愁病困,曹雪芹于某年除夕惨然死去。他一生坎坷,由先前的大富大贵到后来的凄惨潦倒,这为他创作提供了宝贵财富。从某种意义上说,幸亏曹雪芹有坎坷的人生经历,才使得他写出中国古代文学的巅峰之作。

"满纸荒唐言,一把辛酸泪!都云作者痴,谁解其中味?"虽说曹雪芹穷困潦倒,但是他心高气傲,发出"运生世治,劫生世危"的慨叹,他既没有尧、舜、禹等的应运而生,也没有秦始皇、曹操之流的应劫而生,他"生于公侯富贵之家,则为情痴情种"。

青春年少的贾宝玉衣食无忧,人宠人爱,身边美女如云,前簇后拥,周遭人如众星捧月般呵护他,他却说"女儿是水作的骨肉,男人是泥作的骨肉"。实际上,这是曹雪芹的心声。他将几个异样女子描写得"或情或痴""或小才微善",其中对林黛玉的描述更是惟妙惟肖、出神入化,把她的爱恨情仇写得入木三分,荡气回肠。

曹雪芹没有仅仅局限于儿女情长之事,他高屋建瓴地写下《红楼梦》，所以他才有"假作真时真亦假，无为有处有还无"的境界。曹雪芹的观点，可以从《红楼梦》的第一回、第八回、第二十五回和最后一回看出端倪。

第一回中，渺渺真人和空空道人出现过几次。第一次形容他们"生得骨格不凡，丰神迥异"，当时他们正在大荒山青埂峰下高谈阔论，谈笑风生。第二次他们出现在甄士隐的梦中。第三次曹雪芹在文中描写到"那僧则癞头跣脚，那道则跛足蓬头"，他们在甄士隐家门前遇见他，渺渺真人预言其女的未来后和空空道人离去。第四次甄士隐遭丧女之痛，又急忿怨痛，贫病交攻，经他们点播方悟人生，于是被他们度去。

第八回中，薛宝钗在家中养病，贾宝玉探望她时明了她脖子上戴的璎珞和自己佩戴的宝玉，其上写的吉谶正好是一对，暗喻他们的婚姻是天造地设，命中注定，是谁也更改不了的事实。有时，面对既成的事实人们只能被动地接受，怎么苦苦挣扎也只能以失败告终。

第二十五回中，赵姨娘和马道婆设计陷害贾宝玉和王熙凤，在家里作法，结果他们二人口出乱语，疯疯癫癫，不省人事，在床上奄奄一息。这时一个癞头和尚和一个跛足道人为他们降妖除魔，他们二人又身好如初。

最后一回，贾政料理诸人坟墓事毕回家途中，遇到一位和尚向他跪拜，原来这个和尚就是贾宝玉。他向贾政辞别以感谢对自己的养育之恩，然后和渺渺真人、空空道人飘然而逝，空留贾政独自伤心落泪。

留给人印象最深的要数第一回和第一百二十回，书中的整个世界空阔高远，茫茫苍苍。大荒山青埂峰苍远深邃，烟雾缥缈，渺渺真人和空空道人飘飘然然，谈笑其间。绛珠仙子和神瑛侍者衣袂飘舞，裙带生风，吸纳甘露，沐浴阳光，游离嬉笑于三生石畔，何等气派逍遥。

从曹雪芹对渺渺真人和空空道人的描述中，我们可以看出他对人生的悟道：万事一场空，所有一切都会烟消云散。由于二人看破红尘，看穿万事皆空，对人间的一切事情，他们只冷眼旁观，所以见到凡夫俗子，他们不修边幅，率性而为，只是受一块补天之石委托，他们才几次出入人间。

古埃及法老耗费巨资大修金字塔，因为在他们看来生只是暂时之事，死才是永久归属，所以他们生之时要为死之时做好打算，建造一个他们死时也能高枕无忧的永久之地。

曹雪芹正像渺渺真人和空空道人一样，居高临下，俯视人间，对人间的爱恨情仇早已看破看穿，但他生有一个皮囊，只能委屈自己，尽管心高气傲。由于经历了人间的大起大落，曹雪芹幡然醒悟，终于领悟"苦海无边，回头是岸"的真谛。

意悬悬半世心

　　《红楼梦》被誉为中国古代四大名著之首，将封建社会的方方面面描写得淋漓尽致，是一部名副其实的中国封建社会百科全书。小说里面的人物繁多，但是性格各异，呼之欲出，使人不得不佩服曹雪芹的大匠运斤。

　　这里我主要谈谈王熙凤。在《红楼梦》中，王熙凤虽然不是重点刻画的人物，但是她给我们留下的印象颇为深刻——她心狠手辣，能言善辩，巧于辞令，逞强好胜，工于心计，聪明灵透。书中描述她"机关算尽太聪明，反误了卿卿性命"。其实她应该是聪明一时，糊涂一世。

　　林黛玉刚进贾府，众人迎接她时，她听到后院中有笑声，纳罕道："这些人个个敛声屏气，恭肃严整如此，这来者系谁，这样放诞无礼？"等见过众人知道这是琏嫂子。王熙凤见到林黛玉先夸奖她漂亮，接着用帕拭泪。贾母不让王熙凤提及往事时，她忙转悲为喜道："正是呢！我一见了妹妹，一心都在他身上了，又是欢喜，又是伤心，竟忘记了老祖宗。该打，该打！"不等王夫人吩咐，她已经用现成的缎子为林黛玉裁剪衣服。从这里可以看出她见风使舵、善解人意，又工于心计。

且说秦可卿命归西天后，尤氏胃病又犯，贾珍身体不支，只好央求王熙凤协助宁国府办理丧事。这正合王熙凤的心意，于是有"那凤姐素日最喜揽事办，好卖弄才干，虽然当家妥当，也因未办过婚丧大事，恐人还不伏，巴不得遇见这事"。尽管在宁国府只代理一个月，王熙凤却出尽风头。一天早上，她坐轿到宁国府，让丫鬟按名查点时，一人未及时到达，她便喝令将那人大打二十大板。本来赏罚分明无可厚非，那人并不是专门和她过不去，她却用如此重的惩罚，说明她心狠手辣、独断专横、颐指气使。其实为了服众，只需"革那人一月银米"就足够，何必非得置人于死地而后快！

宁府送殡到达铁槛寺，老尼央求王熙凤帮忙了断张家退亲之事，起初王熙凤没兴趣，老尼用激将法激起她的兴致，于是她道："……我说要行就行。你叫张家拿三千两银子来，我就替他出这口气。"果然没过几天，那守备接受了前聘之物，张家退亲成功。谁知张家之女金哥和那守备之子都是有情之人，结果双双自断性命。张李两家无趣，落得人财两空，而王熙凤却坐享其成，自此胆识愈壮。

再说由于金钏投井，贾政打得贾宝玉皮肉绽开，此事惊动贾府上上下下，贾母、王夫人闻之悲痛欲绝，林黛玉、薛宝钗、袭人等也都心疼不已。自此每天都有许多人来探视贾宝玉。一天，林黛玉注意到别人都看过贾宝玉，独独不见凤姐，她正纳闷时，但见花花簇簇一团人走向怡红院，原来凤姐陪同贾母、邢夫人、王夫人等一道去看望贾宝玉。由此可见王熙凤八面玲珑，很会讨贾母等人的喜欢。

王熙凤狠毒是因为她把喜欢她的贾瑞害死，她还一手策划了尤二姐了断性命的下场。当然她也有善良的一面：对贾宝玉、众姐妹无微不至地关怀，和秦可卿亲如姐妹，接济刘姥姥一家等。

很多读者还说王熙凤精明、好大喜功又胆识过人等，其实她也糊涂不堪。秦可卿临死之前托梦于她，要她"趁今日富贵，将祖茔附近多置田庄房舍地亩……便败落下来，子孙回家读书务农，也有个退路，祭祀又可永继……"又告诫她"万不可忘了那'盛筵必散'的俗语"。但是她却将之弃于脑后。她尽管知道用死钱去赚活钱，但聪明过头，偷偷去放高利贷，却不知道买地挣大钱。

在贾家，王熙凤权力不小，但是却没有挣下家产，这不是聪明一时，糊涂一世吗？最后落得"枉费了，意悬悬半世心；好一似，荡悠悠三更梦"。

啼血的爱

　　《红楼梦》被誉为中国古典四大名著之首，是一部中国封建社会的百科全书。爱情故事历来是亘古不变的话题，《红楼梦》对爱情的描述更是荡气回肠，让人们为贾宝玉和林黛玉爱情故事的大起大落而大喜大悲。它成为名著的其中一个原因，是它将爱情描写到人们的心灵深处，触动人们最柔弱的部位，引发读者无穷的遐想和感慨，让读者对两人的爱情悲剧无不扼腕叹息。

　　人活在世上要受诸多因素的影响，或家庭，或亲戚，或朋友，或其他外在环境等。《红楼梦》中，贾宝玉和林黛玉青梅竹马，两小无猜，可是节外生枝，偏偏多出一个薛宝钗。宝钗文雅端庄，善解人意，深得众人喜爱。林黛玉多出一个情敌。薛宝钗还优于林黛玉的一点是她有一个比较完整的家，有母亲和哥哥的疼爱，可是林黛玉一无所有，孑然一身，她连一个说知心话的人都没有，更不要说有人为她出谋划策。即使薛宝钗不出场，可能还有像史湘云、薛宝琴之类的女孩出现，同样让林黛玉招架不住。另外还有金玉良缘之说。它犹如一根无形的绳索，也犹如一道不可逾越的鸿沟，将人们死死束缚住。

贾宝玉、林黛玉和薛宝钗都是时代的牺牲品。薛宝钗更是悲情人物，生得如此美丽端庄，善解人意，却得不到自己想要的，惨然到老！这是何等悲凉、无奈和无助！这种悲剧在封建社会不时上映也不时谢幕。

世上有很多不如意，即使你再努力，结果也可能终成虚无。可是人又不同于其他动物，由于周围环境的阴错阳差，导致结果的阴错阳差，不由得使人哀婉嗟叹。贾宝玉和林黛玉的爱情悲剧，使人们明白人生不如意十之八九，勾起人们对自己及他人的怜悯。林黛玉的"花谢花飞花满天，红消香断有谁怜"更勾起人们对她的爱怜。她和贾宝玉的爱恋以及两人的惺惺相惜，用啼血的悲剧诠释了人间最宝贵的爱情。

《红楼梦》尽管描写的只是荣宁两府的兴衰，但它却是整个封建社会的缩影，将封建社会的方方面面描写得淋漓尽致。贾宝玉和林黛玉的爱情由最初的天真无邪到后来的心有灵犀，最后两人的感情得到升华，进入纯洁的不含有任何世俗的爱恋中。这是爱情发展的必然。可是他们两人的爱情不可能开花结果，他们是封建礼教的牺牲品，他们的爱情悲剧是时代的必然。在藏污纳垢的社会里，冰清玉洁的林黛玉不可能被社会和周遭人接纳。她天生丽质，卓尔不群，才华横溢，恃才傲物，不会和社会相融，即使和贾宝玉终成眷属，他们也会以悲剧结尾。林黛玉来到人间注定会以泪水洗面，将自己的爱恨情仇用如雨的泪水洗尽，最后"质本洁来还洁去"，不会在泥淖中苟活。

《红楼梦》中，迎春温柔善良，生性懦弱，出嫁后得不到丈夫的疼爱，自怨自艾，郁闷成疾，香消玉殒；张金哥与守备之子本已定亲，两人也颇有情意，结果两人的性命竟然断送在王熙凤手中；尤三姐与柳二郎本来互相倾慕，结果由于世俗偏见，尤三姐以拔剑自刎还自己一身清白，柳二郎从此浪迹天涯无踪影……总之，《红楼梦》里面的女子大都没有好下场，不由得让人为这些女子慨叹不已。

《孔雀东南飞》中，焦仲卿和刘兰芝两人恩爱无比，相敬如宾，可是刘兰芝得不到婆婆的喜爱，只能回到娘家。在娘家她得不到哥哥和嫂子的欢迎，举步维艰。哥哥的言辞相逼，使得痴情的刘兰芝"举身赴清池"，也致使焦仲卿"徘徊庭树下，自挂东南枝"。本来恩爱无比的夫妻不得不共赴黄泉，本来幸福美满的家庭一夜之间变得凄凉惨淡。焦仲卿的母亲再也不能大显威风，她恐怕会黯然神伤，凄然度过余生。

愿天下有情人终成眷属，可是在封建礼教的束缚下，真正善始善终者又有几人？像卓文君和司马相如终成眷属的故事在封建社会简直是寥若晨星，但它却留给人们永久的期盼。

曹雪芹老先生写下《红楼梦》，没有亲身经历，没有一定的文学修养，没有缜密的头脑，没有一颗孤傲的心，是绝对写不出这样的文学绝唱！他用自己啼血的心写出啼血的爱，所以才能感动历代读者，成为中国文学史上一颗璀璨的明珠，在文学天空中熠熠生辉、光彩夺目。

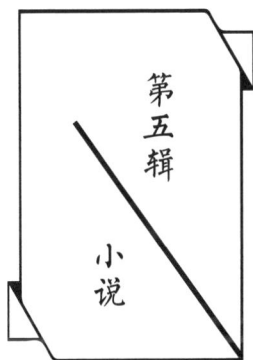

第五辑

小说

蝴蝶花

一

这几天心绪颇不安宁，主要是上班时大我八岁的马克多经常给我买盒饭吃的缘故。最初他给我买饭时，我总会记着下次一定再给他买回来。我不想占别人便宜，不想让大家有误解，也不想让他有想法。后来他学乖了，不等我买饭，他要么自己去买，要么托人为我买好。如果我给他钱，他的脸色就会阴沉下来，冷眼看着我说："难道我请不起客吗？"我连忙讪讪地把钱放回钱包中，然后再想为他买些什么作为补偿。后来，我渐渐地发觉喜欢上了他。他风趣幽默，机敏聪慧，记忆力超强。最让我佩服的是他喜欢看书，什么书都爱看。他脑子装的知识仿佛是汪洋大海，不会枯竭。他上至天文下至地理，无所不知，无所不晓。有时下了班，我和他去买饭，他能就一个知识侃侃而谈，为我讲解一路。

高中毕业之后，两个同学曾经追求过我，一个是赵亮，他也没有考上大学，现在跟着父亲经营一家工厂。我嫌弃他个子矮，断然拒绝了他。另外一个同学孙立军，专科毕业，现在在金阳一家工厂上班。他来县城找过我两次，每次我都热情接待他。但是我们没有多少话题可谈，每次的气氛都异常尴尬，我如坐针毡，意识到与其两人在一块活受罪，不如快刀斩乱麻。我洋洋洒洒写了一条长长的短信，明确表达出自己的态度，发送给他。从此，他没有和我联系过，我倒感觉一身轻松。

我喜欢看书，也喜爱看电视，尤其言情故事更是我的最爱。我经常会随着主人公欢喜而欢喜，悲伤而悲伤，为此浪费了许多抽纸，白搭了很多泪水。我也迷恋电脑，更喜爱玩男孩子玩的游戏，而且乐此不疲。可是渐渐地，我发觉我已经对这些不感兴趣了，我喜欢听马克多讲故事讲笑话，喜欢听他的声音，即使没有任何内容也愿意沉浸其中。如果一天看不见他，我犹如丢了魂魄一样，脑子始终有个影子在闪现。回忆和他相处的点点滴滴，他的一个眼神一个动作都让我回味无穷，我总是想着想着不自觉傻笑起来，感觉自己是天底下最幸福的人。

一天早上起床后，我坐在自己房间里发呆，二姐推门进来，看到我吃惊地说："你恋爱了。"我矢口否认。二姐将嘴一撇说："嘴硬，发傻发呆的表情出卖了你，瞒得过别人瞒不过我，我可是过来人。"我红着脸轻描淡写地对她说了马克多的事情。

二姐不屑地说："不能和这样的人谈恋爱，他比姐姐都大，你们两个年龄悬殊太大。再说了，他年龄那么大了还不结婚，肯定有问题。即使我同意你和他交往，姐姐也不会同意，父母更不会同意！你还是识相吧。"

她的话给我当头一棒，让我心灰意冷。其实我没有给二姐说马克多离婚的事，如果说了，父母和两个姐姐更不会同意。我可不愿意在家里看到火山爆发。即使不考虑难闻的气味，光弥漫在空中的火山灰也会让我窒息，更不要说能摧毁一切阻挡在道路上的恣意奔流的滚烫岩浆。

那天中午，我在商店里站得腰酸腿痛，刚从货架里解放出来，远远看见马克多向我走来，我假装没有看见他，转身从右门离开。走出商店没有几步远，他叫住我，悄悄问："为什么老躲避我？是不是把我们的事告诉了你父母，他们不同意？"见他说破，我连忙羞涩地低下头。

他拉住我的手，笑着说："只要我们相爱就行，只有在爱河的恋人，才能真正体会到生活的幸福。小美离开我，是因为我们之间没有共同语言，也没有共同生存的环境，所以她才离我而去。刚开始我想不开，总觉得丢人现眼，让人给甩了！现在我不再觉得有什么了，尤其在遇到你之后。要不我们怎么能交往呢？看来我和她没有真正的缘分。我不能说是小美的过错，她既然离开我，说明我有不足之处。在婚姻这条道路上我要不断学习不断进步，这样我们才能协调一致。自从认识你之后，我发觉我变了，变得细心了，变得会关心体贴人了。我们有相似的生活环境也在相同的群体中，有共同语言，在一起融洽愉快，我们结婚后会幸福的！我会给你幸福！相信我！"

他说的每一句话，我都听在心里。我抬头望着他刚毅坚定的眼神，害羞地从他手中抽出自己的手。看到他脸上的笑容，我的心瞬间融化。我给他说了我的苦恼。

他信心满满地说："房子会有的，面包会有的，我们一切都会有的！只要我们真心相爱！因为只有两个人相爱才能互相关心体谅对方。"他的话让我陷入深思。

晚上，我躺在床上辗转反侧，久久不能入眠，脑子只有马克多的影子，他的笑脸甚至他脸上的痦子我都记得一清二楚。睡不着觉，我索性坐起身，拉开窗帘。皎洁的圆如盘子的月亮悬挂在空中，又大又亮，也犹如一盏明灯，将清辉无私地倾泻在我的身上和床上。房间亮亮堂堂，我的心忽而如透明的月光，忽而如阴暗的角落。

不知何时，我迷迷糊糊睡去，早上被咚咚的敲门声震醒。原来，二姐又让我给她开门，她要到阳台上去取昨天洗过的衣服。本来心情不好，晚上又没有睡好觉，我假装没有睡醒，懒洋洋地躺在床上一动不动。二姐仍在敲门，我还是一动不动。之前我已经告诉过她多次，头天睡觉之前，先到阳台收好衣服，不要等到第二天让我再为她开门。再说了，她已经结婚，有了自己的房子，和我们居住的楼房仅有一幢大楼之隔，却非得到这里来凑热闹，我想想就觉得气不顺。见我仍然不开门，她气哼哼地从隔壁房间跳窗到阳台，边收拾衣服边嘟囔，嘴里骂骂咧咧。

她越骂越难听，我忍耐到了极限，终于爆发，腾地从床上坐起，径直打开阳台门，冲到她跟前，与她对骂起来。我站在比我矮半头的二姐面前怒视着她，心想如果她再胆敢骂我，我就动真格扇她两个耳光，狠狠地，绝不手软。

不知何时，妈妈站到阳台上，拉着我急切地说："我的小姑奶奶，小声点！我们刚搬到新楼上，房间又不隔音，让别人听见了，光笑话我们！"

我冲妈妈不住地大喊大叫："谁让她骂我的！我要揍死她！"

妈妈怒气冲冲地朝二姐大喊："万琳！还不赶紧走开，今天怨你！不怨你妹妹！"

二姐自知理亏，灰溜溜离开。我发誓我这一辈子都不会和她搭腔。上班的时候，整整一天，我无精打采，觉得一切都不顺眼。每次看到顾客拿了东西又放回原处，我就觉得他们有病，或者认为他们有多动症。尤其看到一个长得酷似二姐的女孩出现在我眼前，我恨不得过去扭她两把，来解我心里头的怨气。好不容易挨到下午下班，马克多见我一脸不高兴，对他爱搭不理，自觉无趣，和我说声再见，又提醒我注意安全，骑上电动车离开了。

我心灰意冷地回到家，将电动车停放在地下室。刚走出地下室，就听到从一楼传出这样的话音："你这个闺女太霸道太不讲理了！声音那么大，我在二楼听得一清二楚。她气急败坏的样子，好像牙都长到外面了！我从来没有见过你闺女这样厉害的人！"

母亲附和着说："是呀，是呀，我三闺女太霸道了，吃不了一点亏！"

我知道是二楼王婶子到我们家喝茶，和妈妈在家里闲聊。我最讨厌那些不了解事实真相就搬弄是非的人。我的胸膛快要气炸，三步并作两步跨到一楼，踢开门。我分明看到王婶子的脸红一块紫一块，惊愕地盯着我，脸上想挤出笑容，却一时酝酿不出足够的表情，尴尬万分。

我才不在乎这些，大声对妈妈喊："谁厉害？谁厉害？我招你们惹你们了吗？我就是厉害！我就是霸道！你们又能怎么样？"怨气还没有发泄完，我又将茶几上的茶碗茶杯都掷到地上，只听到哗啦哗啦的粉碎声。妈妈嘴里骂骂咧咧，使劲用拳头捶我。

我的眼泪如断线的珠子，但理智还没有降到底，因为我舍不得将茶几上的空调遥控器摔在地板上，也舍不得将新买的电视机砸坏。当看到窗台上惹眼的花瓶趾高气扬地立在那里，我随手拿起来，狠狠掷到地上。妈妈大哭起来。我用余光看到王婶子怯怯地站在原地，大气不敢喘，两只手不知道怎么搁才好，听到她用微弱的声音劝解妈妈想开些。

我使劲甩上门，头重脚轻地冲下楼去，脚下犹如踩了棉花，急匆匆向住在邻村的姑姑家冲去，哭得撕心裂肺。路上大人小孩都好奇地看着我，我却不去理会。

道路两旁，荒草丛生，田地里的玉米已经收割完毕，地头上堆满秋秸，也有一些散落在田地，歪歪斜斜地横亘在那里。再朝前走，路上没有了行人，道路右边一片密密匝匝的树林呈现在眼前。有些树叶子隐隐呈现浅黄色，在夕阳映照下闪着金光。树林里面光线昏暗，神秘幽深，地面落满了树叶，黄灿灿铺展开去，晃人眼目。远处的田野被一层淡淡的烟雾笼罩，在夕阳余晖的映衬下有种神秘感。由于刚收割完玉米，土地裸露，整个田地显得更加空阔。空中鸟儿的叫声也更加响亮，它们呼朋引伴，沐浴夕阳，各自归巢。也许是田野里新鲜空气使然，我感觉舒服许多，脑袋也没有先前那么发胀，脚下也不再轻飘飘。我不再哭哭啼啼，信步朝菁菁姐姐的小商店走去。

现实生活中，菁菁姐姐是我的偶像、我的女神。虽说她只是初中毕业，但她吃苦能干，勤劳善良，做事雷厉风行，从不拖泥带水，她还有两个妹妹。

姑姑很要强，只是由于得了心脏病，不得不把菁菁姐姐拉扯下来出力，和姑父一块挣钱，供菁菁姐姐的两个妹妹上大学。要不，菁菁姐姐也能考上好大学。放学后，菁菁姐姐起早贪黑，除了在村头开了一家小商店，还做保险，也为别人送牛奶送外卖等。总之，只要能挣钱的活儿，她都乐意去做。在我眼里，我从来没有见过菁菁姐姐停下来休息片刻，她总是忙忙碌碌，做完这件事再做那件事，犹如飞来飞去的蜜蜂。在外人眼里，菁菁姐姐是人见人爱的花蝴蝶，虽说干那么多粗活累活，倒没有影响她长得漂亮。一双水汪汪的大眼睛似乎能说话，鼻梁高挺，皮肤白净细嫩，衬上一张标准的国字脸，更具中国传统的女性美。

等快走到小商店，我不再那么悲伤，下意识擦擦自己的脸蛋和眼睛。我已经拿捏好表情，要在菁菁姐姐面前表现自己活泼开朗的一面。可是小商店却铁将军把门。我向左拐，朝姑姑家走去。

走到姑姑家，姑姑正打扫院子，见我一脸不高兴，问我怎么回事。我的眼泪又如断线的珠子，抹也抹不完。姑姑走到我身边为我擦眼泪，不断安慰我。

我将事情的来龙去脉说与她听。姑姑听后，生气地说："这个王婶子，怎么这样！唯恐人家家里不乱！万元，别与这样的人计较，如果计较显得我家万元水平低了，你说呢？"

我生气地说："她说也就罢了，我妈妈明明知道事情真相，为什么也附和啊？"

姑姑拍着我的后背说："你妈妈聪明，她只能顺着你王婶子说话，她不可能把自己家里的隐私说与外人听，只是你成了外人眼中的刁蛮角色。你妈妈认为你还是个小孩子，所以你成了替罪羊。再说了，万琳也是为你好，她骂你，并不是说你和马克多的事，是你想得太多，姐妹哪有不吵嘴的？就像哪有牙齿不咬嘴的？不要为这样的事伤了和气，以后真不能说发脾气就发脾气，你也该找对象了，要学会收敛，做个淑女！要不，嫁不出去了！"说完后，姑姑大笑，笤帚在她手里颤动。

经姑姑解释，我的脾气瞬间消失得无影无踪，呼吸变得顺畅，心情也好起来，不由自主地笑起来。问姑姑菁菁姐姐呢。姑姑的脸色忽然黯淡下来，眼睛里浸满泪水，不满地说："走了，飞走了，飞到金阳市去了……"

二

从姑姑的话里得知，菁菁姐姐去金阳是由于杨洋。我认识杨洋，他个子不高，不帅气，倒也不丑，说实话，还不如马克多长得像模像样。杨洋家里很有背景，现在在金阳一家银行上班。他的大伯是金阳市很有头脸的人物。他大伯曾经当过兵，在部队里跟着领导开车，由于很会处理和领导的关系，得到领导赏识。后来领导转业到金阳当了公安局局长，他大伯也跟着领导分到金阳。曾经有一段时间人们都下海"捞大鱼"，他大伯也乘着这股东风，在领导的栽培下，挣足了钱，先是在金阳搞房地产开发，后来生意越做越红火，又在老家晋城搞房地产开发。每次他大伯到晋城，很多有头有脸的人都要亲自接待他，把他请为座上宾。人一旦有权有势，在家里也会有绝对权威。

杨洋的老家在菁菁姐姐所在的村庄，小时候我经常见他，他和菁菁姐姐从小青梅竹马。他父亲去世得早，家里一切事情都由他大伯做主。杨洋长大后，他大伯安排他在金阳上班。生长在农村里的我们都觉得杨洋了不起，比我们高一等，有这么一个有权有势的大伯，是八辈子修来的福气。

姑姑一提到杨洋，我才如梦初醒。怪不得以前见他经常到菁菁姐姐的小商店里去，其实那时还有好几个小伙子有事没事都到商店里去，但我没有认为菁菁姐姐会看上杨洋，毕竟有两个小伙子长得比他英俊帅气得多，我想是因为他在金阳上班的缘故。而姑姑说她没有看好杨洋，是因为他和菁菁姐姐悬殊太大，根本不可能结婚，警告菁菁姐姐不要和这样的人谈恋爱，到时受伤害的是自己。可是菁菁姐姐犹如被杨洋施了魔法，对他一片痴心，而且越陷越深。

去年我上高三，每当放学时，经常见菁菁姐姐在学校门口卖面包和牛奶。她长得漂亮，又和蔼可亲，学生都愿意到她那里去买东西，很快菁菁姐姐自行车上的物品会销售一空。有时菁菁姐姐看到我，会送给我一块面包，刚开始我还接她手中的面包，不好意思地说声谢谢，再后来我怎么也不愿意白要她的面包了，总觉得菁菁姐姐好辛苦。

去年冬天的一天，天上下起鹅毛大雪，北风呼啸，裹卷着雪花在空中狂舞，撕扑着周围的一切，地上积满厚厚一层雪。放学铃声一响，学校里顿时沸腾起来，学生打雪仗的欢呼声和滑倒在地上的尖叫声将宁静的校园打破，空中舞动的雪花更密更急，似乎要和校园的欢乐场景协调一致。我顺着人流穿行到学校门口，菁菁姐姐身穿一件大红羽绒服，在寒风中瑟缩在自行车边，脸蛋冻得通红，从嘴里呼出的热气瞬间凝固在空气中。在白色世界的映衬下，菁菁姐姐更显得妩媚动人，令人爱怜。我对菁菁姐姐更多一份尊重和一份崇拜。她就是白色世界里飞动的花蝴蝶，翩翩起舞，体态轻盈。

那天晚上翩翩起舞的蝴蝶进入我的梦乡，菁菁姐姐变成了蝴蝶。但见鲜花遍地，芳香四溢，成千上万只蝴蝶在花丛中翩翩舞动。晨光中，蝴蝶的翅膀晶莹剔透，些许沾染在蝴蝶翅膀上的晨露光彩熠熠，耀人眼目。处处是鲜花的海洋，处处是蝴蝶翩跹的海洋，整个世界梦幻奇异，在晶莹剔透的晨露映衬下更熠熠生辉，使人沉醉迷离。继而鲜花变成蝴蝶，蝴蝶变成鲜花，有限的大脑分不清哪是蝴蝶哪是鲜花，也搞不懂自己是蝴蝶还是鲜花，眼前只是五光十色的景象。后来也不关心自己到底是鲜花还是蝴蝶，只是陶醉其中。每当想起梦中景象，幸福感油然而生。我心想也许是空中飞舞的雪花让自己在梦中产生这种奇异梦幻的场景。姑姑身体不好，为了供两个妹妹上大学，哪里能挣钱哪里就有菁菁姐姐飞动的身影。有时，我怀疑菁菁姐姐是不是由蝴蝶变来的。

姑姑说到不高兴的事时，我总会安慰她一番。我在家里的不愉快和姑姑现在的悲伤根本没法相提并论。我问姑姑菁菁姐姐在哪里上班，工资多少。姑姑不屑地说："在一个工厂上班，一个月才一千块钱，每个月还要交四百块钱的房租！她能照顾好自己我就烧高香了！"

我纳闷地问："菁菁姐姐工资那么低，为什么还要去金阳？"姑姑更加生气，眼泪快要流出来，愤愤地说："这是他们的分手协议。杨洋倒愿意娶你姐姐，可是他大伯坚决反对，他母亲也坚决反对。杨洋一再坚持，他大伯却将他一顿暴打，后来又罚他跪地，最后答应杨洋只要能和你姐姐散伙，就给你姐姐找份工作。还不是你姐姐没有一个正式工作，配不上人家嘛！这早已经是我料到的结局。散就散呗，还非得要到金阳去上班！又不挣钱！不听老人言，吃亏在眼前啊。我有什么法子啊，孩大不由娘啊！"

我没有想到爱情会这么不堪一击，原来常挂在嘴边的海誓山盟、海枯石烂全是糊弄人的话语。不知何故，马克多的影子浮现在我的脑海中，我忽然有心痛的感觉。我帮助姑姑打扫院子，不断安慰她。姑姑的脸色没有先前那样灰暗了。晚饭时，姑父还没有下班，我到厨房帮姑姑做饭。姑姑不断夸奖我懂事。妈妈给姑姑打来电话，问我是否在她家里，电话里又传出在外跑出租车的爸爸的声音，让我回家吃饭，我赶紧向姑姑摆摆手，姑姑说已经为我做好饭；二姐也给我打电话，说让我回家吃饭，我没好气地说不回去。其实，我心里的怨气早已跑得无影无踪。晚上我在姑姑家住下，陪姑姑姑父看电视。马克多打来电话，我和他聊了一会儿，然后早早歇息。

第二天中午下班时，马克多从收银台出来，在门口等我。商店门口排满了自行车，公路上人来车往，人头攒动，声音嘈杂。我们一块走出商店大门向右拐，朝熙熙攘攘的小吃街走去。马克多碰碰我的肩膀，问我怎么不高兴。我给他说了菁菁姐姐去金阳工作的事情，又说杨洋的大伯和妈妈是势利眼。

马克多惊奇地问我："你说杨洋啊？他和我在金阳上班的表姐马上订婚！听说今年冬天就要结婚。"

我惊讶地张大嘴巴，不相信自己的耳朵，又问了他一遍："你表姐和谁结婚？"

"杨洋，就是和你菁菁姐姐谈恋爱的那个。他大伯那么有名气，谁不知道啊，杨洋也就变得有名了呗！咱县城里好多人家都愿意和他结亲呢。"

我忍不住问他："你表姐在金阳干什么工作？可苦了我那可爱可

怜的菁菁姐姐！她心里会多么难受！我觉得她去金阳上班，还是心存侥幸，这样有和杨洋见面的机会，说不定梦想事情会有转机呢！"

"银行。工资高，人人都想去的单位。"马克多的话让我心生烦恼。

下班回到家，我仍然对马克多的话将信将疑，忍不住对妈妈说起杨洋要订婚的事情。妈妈并不如我想象的那样惊讶，说这是早已经预料到的结局，只是菁菁姐姐没有自知之明。

我不悦地瞥了妈妈一眼："谁都有想生活得更好的权利！"

妈妈忽然神情凝重地看着我，问："你菁菁姐姐给我打电话，要我让你大姐还给她五千块钱。说你大姐给她炒股，赔了五千元！"

我吃惊地说："这不是菁菁姐姐的风格啊！炒股就有风险，就意味着你要有承担风险的心理准备。炒股要赢得起输得起啊！她为什么自己不炒股？为什么让我大姐为她炒股？"

妈妈说："她不是上班不方便吗，你大姐怀孕在家，她让你大姐帮忙时刻关注股票。这不，股市不好，你大姐看形势不好就卖了。我也不懂什么股票，也不明白她们之间的事情。我给你大姐打电话，她振振有词，说不让我管她们之间的事。你说我该怎么办？"

我接过话说："菁菁姐姐的想法不对，你想如果我大姐为她挣了钱，她能把挣得的钱分给我姐姐吗？她赢得起却输不起！这是她们之间的事情，你不用管。你即使管，她们也不会听你的！"

"我怎么觉得你菁菁姐姐自从去了金阳，好像变了一个人似的！对钱那么看重啊！这不是好兆头！"妈妈担忧地说。

我笑着安慰她："不是你女儿，你操那么多心干吗？让我姑姑管去。"

妈妈摇了摇头，叹了口气，不再说话。妈妈人缘特好，和村里的老太太媳妇们相处融洽。现在我上班了，家里又没有地种，妈妈便清闲下来，说我解放了她。平时妈妈搬个马扎到楼头，和一些看孩子的老太太媳妇们闲聊，说笑声震天响。有几个媳妇要为我说媒，妈妈偶尔提起这个话题，不等她说完，我就截断她的话，说自己没有时间，要去上班。有时，她嘟哝我多了，我不耐烦地将饭碗往餐桌上一推，说吃饱了，扔下一脸怨气的妈妈扬长而去。时间长了，妈妈尽管一百个不情愿，却拿我没办法，只得默许我和马克多交往。

三

上学时因为学习不好总觉得低人一等，不愿意和学习好的学生说话，害怕他们嘲笑我。上班后，我才发现，社会是一个大舞台，需要各方面的人才，我就是大舞台上的群众角色。我并不觉得低贱，群众也需要有人去演。如果人们都演主角，那么舞台上就没有主角了。这样说来，舞台上每个人都是主角，都在扮演自己应有的角色。就个人发展来说，我更喜欢西方人的生活方式。

每天上班站在货架前，笑容可掬地迎接顾客是我的职责。五金组的生意一般，奖金也不多，但是整天看着人们来来往往，我心里就乐开了花。我觉得这就是我的价值，这就是我工作的意义所在。那些名牌大学毕业的学生肯定不会站在我这个位置。这只能说明社会分工不同，他们到他们应该去的地方实现价值，我在我这个地方实现价值。价值没有高低，我没有什么可自卑的，我应该快乐。快乐不需要用钱来买，也无法用钱来衡量。也许有人会说我这是阿Q精神在作祟，可这确实是我的想法。

组长卢新看我整天无忧无虑，无不羡慕地说嫉妒我，每当听到她的夸奖我总会咯咯笑个不停。有时，她让我陪她到金阳去进货。现在菁菁姐姐在那里上班，我更愿意陪组长去进货了。一天一大早，我给菁菁姐姐打电话，问她是否上班，她说正巧歇班。我说要到金阳进货，问她是否有时间见面，她爽快地答应了。到了金阳，卢新去进货，我跑去找菁菁姐姐。

我们约好在银座门口见面。我坐公交车匆匆赶到银座门口，菁菁姐姐已经等候在那里，我差一点没有认出她。她浓妆艳抹，脸上的胭脂约一厘米厚，黑魆魆的睫毛约二厘米长，嘴唇上涂抹的口红鲜艳欲滴，脚上的高跟鞋约有十厘米高，走路颤颤悠悠，犹如踩了高跷，满身飘荡着香气。其实那是一种让人感觉不爽的香味，犹如夏天里男人长时间没有洗头，然后用温水使劲冲洗再打上香皂散发出来的味道，还像沐浴露飘飞的气味。除了水灵的眼睛我还能辨认外，她整个人彻底变了模样。

我吃惊地盯着她，她好像看穿我的心思，笑着说："有什么好看的！不认识啦？"

我讪讪地笑了笑，心想菁菁姐姐确实比以前时髦，只是整个人看起来有点假，假得让我难以接受。说实在话，我多少也有点羡慕她。她领我到她租赁的房子里。房子不大，里面极其简陋，墙壁刚用乳白色仿瓷漆粉刷过，倒挺整洁温馨，仅有一张简易单人小床，一张半新不旧的三抽屉桌，桌上放着一个电磁炉，靠墙放着一个小菜板，桌子下面有两个崭新的塑料盆，一个是红色，另一个是绿色。我总觉得这个房子和菁菁姐姐的打扮不协调。

不等我反应过来，菁菁姐姐忽然蹲在地上恶心呕吐，我紧张得不知所措。她解释说为了苗条，正在减肥，不想伤害了胃口。又嘱附我一定不要告诉任何人，我点点头。我是那种为朋友两肋插刀的人，只要答应朋友的事情，我一定会做好，即使上刀山下火海也在所不惜。以前爸爸曾说我，在革命战争年代，我绝对不会走"中间道路"，更不会当叛徒。

我问菁菁姐姐："在这里上班感觉如何？"

菁菁姐姐满眼放光："挺好。"接着眼皮耷拉下来，长睫毛往下划了一道弧线，神情变得忧郁："只是……有时觉得对不住父母，本来在晋城我可以用自己挣得的钱供妹妹上学，买我想要的东西，豪爽地请客，大把地花钱……可是我现在一点积蓄也没有。我不想回家，因为我没脸见他们。现在幸好爸爸还能挣些钱，要不，我会愧疚一辈子的。唉，人生不能推倒重来啊！人一生关键的地方确实就那么几步，关键看自己把握没把握好。你不要学我啊！如果妈妈身体好，我可以像两个妹妹一样上大学，我就不是现在这个样子！唉，这就是命啊。"

"姐姐，你够好了，我一直挺佩服和羡慕你呢。你有这个心就说明你是个好姐姐。"我赶忙安慰她，又吞吞吐吐地说，"菁菁姐姐，有件事我不知道该不该跟你说，不过，我还是想告诉你，我怕以后你再生我的气。"

菁菁姐姐甜甜地笑了，嘴上的口红更加鲜艳，长睫毛上挑，说："没事，你说吧。我现在什么都想开了。"她示意我坐在床上。

"杨洋今年冬天要和我一个同事的表姐结婚。"我试探着说。

不想菁菁姐姐冷冷地说："我以为什么事呢！说不定，我比他结婚还早呢。他有他的难处，我并不恨他……希望他过得好。"

坐在床上，我无意中看到桌子上有一个小伙子的照片。小伙子长得浓眉大眼，宽额头，高鼻梁，标准的国字脸透着阳刚之气。

我好奇地问菁菁姐姐："这是谁呀？"

菁菁姐姐满眼放光，笑着说："猜猜看。"

我神秘地问："是不是你那位？在哪里上班？"

菁菁姐姐笑着点头："他是一个导游，叫张常强。你看帅气吧。他挣钱可多了！"

我们说话时，菁菁姐姐的手机响了，她接通电话。从谈话中，我猜测菁菁姐姐是在和她的一位同事探讨股票。菁菁姐姐信誓旦旦地说股市现在会有一波行情，建议同事大胆买进，又说舍不得孩子套不着狼，还说如果信得过她，她也可以为同事买进股票。我吃惊地看着菁菁姐姐，忽然想起她和我大姐为了股票纠缠生分的事情。我鼓了很长时间的勇气后如泄气的皮球，始终没有气力劝说菁菁姐姐停止炒股。

其实，真正通过炒股赚钱的有几个？据说十人买股票，七人赔钱，二人不挣不赔，只有一人才挣钱。谁都认为自己就是那十人中的一人，都认为自己是个例外，殊不知这是自欺欺人。炒股也有很多猫腻，毕竟我国的股票市场还不健全。恶意操作股票的庄家往往能兴风作浪，让不知真相的散户投进去的钱瞬间蒸发，使股民血本无归，导致一些股民寻死觅活。

人们往往还有一种心理，炒股时都愿意说自己挣了多少，赔了多少钱却只字不提。这样给别人造成的假象就是炒股能挣大钱，人们便犹如飞蛾扑火一样在所不惜。我有自知之明，炒股不是我这种普通人能玩转的，尽管在高中我曾经疯狂地研究过股票。我知道劝说她是徒劳，我的话也苍白无力，对她来说根本就没有说服力。在菁菁姐姐看来，我只是一个稚嫩的小妹妹，无阅历无经验，单纯得透明幼稚得可爱。再说了，她如果吸取教训就不会再和别人合伙买卖股票。

菁菁姐姐请我在一家小饭店吃饭，我知道她手头拮据，只点了一碗盖浇饭，她又点了一盘木须肉。她自己只吃了一点点菜，显得痛苦不堪，一脸的疲惫。我坐在那里狼吞虎咽，边吃边给她讲家里的情况以及最近听到她村子里发生的事情。她木然地坐在我对面，看我吃饭，听到高兴处露出一丝笑容，只是眼神有些游离，表情有些怪异。

我从金阳回到家不长时间，菁菁姐姐就和张常强匆匆结婚。听妈妈说，姑姑家收割麦子的时候，菁菁姐姐来家里住了几天，然后又回到金阳。妈妈还说菁菁姐姐来我家这几天，姑姑非常生气。在家里，菁菁姐姐的手机响个不停，原来是银行催促她交还透支的六千元。菁菁姐姐给姑姑说自己没有钱，又强调拖欠银行还款的危害性。如果个人在银行有不良记录，就会影响信誉，以后所有的银行都会关闭向她贷款的大门。但菁菁姐姐始终不肯说让姑姑替她还钱，她的言外之意是她知道家里的难处，无法启齿。本来供两个小女儿上大学姑姑姑父就已经捉襟见肘，姑姑再为她支付六千元钱会雪上加霜。姑姑心脏不好，不能出力，还需要吃药花钱，家里仅有姑父在外面含辛茹苦地操劳，挣一些有数的钱，结果还得替菁菁姐姐还债。姑姑气得脸色铁青，可是也没有办法，不断絮絮叨叨地说，时代在变，人心也在变，人心都让狼吃掉了。

妈妈幸福地说，我们姐妹三个虽然没有考上大学，但是她挺知足。她不需要像姑姑那样劳心费神，为了孩子的学费含辛茹苦。姑姑家的青青姐和楠楠姐将来压力会更大，大学毕业之后接着面临就业问题，就业之后又面临谈婚论嫁，谈婚论嫁之后又会面临房子问题，而买房子对农村出身的孩子来说犹如大山一样压在头顶。现在大学生遍地都是，找一份满意的工作比登天还难。她们和我们姐妹三个不一样，觉得自己是大学生，绝不会像我们姐妹一样去做所谓的低级工作。如果她们幸运，能找到有房有车的对象就要好许多。妈妈说期盼她们有幸运的人生。妈妈说到这里时，我发觉我们生活挺幸福，本来我就觉得自己挺幸福。人怎么生活都是一辈子，好孬需要自己去体会，冷暖需要自己去感觉，只要自己认为幸福，自己就是幸福的人，没有必要和别人攀比。大姐在药厂上班，二姐在面粉厂上班，我在商店上班，虽说我们靠出卖劳动力为生，但是我们都在各自的工作岗位上通过自己的双手养活自己。体验生活，感悟人生，才能体会幸福。我并不羡慕不该羡慕的东西。

四

生活犹如水一样悄无声息地流淌，六年过得飞快。每当看到两个姐姐和她们的婆婆剑拔弩张，每当看到外甥和外甥女在家里叽叽歪歪吵闹不止，而两个姐姐不是妥协就是大声训斥他们时，我仿佛看到自己将来的生活。外甥和外甥女来到家里吵呀闹呀，房间里犹如炸开锅。我不关上自己的房间门还好一些，如果关上房间门，他们会不断敲门，砸得门腾腾响，嘴里还不断大喊小姨开门。等我不情愿地打开门，他们就会把房间里的东西翻个遍，扔得地上狼藉满地，然后满意离开，留下哭笑不得的我独自烦恼生气。当外甥和外甥女做错事，我给他们讲道理，他们对我的大道理无动于衷，甚至睁着清澈而又亮闪闪的眼睛无辜地望着我。尤其外甥女的长睫毛还忽闪忽闪的，她露出疑惑的表情，似乎在嘲弄我挑战我，或者两者兼而有之时，我更加生气。两个姐姐结婚后，我并没有发觉她们多么幸福，只是觉得家庭更庞大更乱糟糟。当然我并不是不疼爱两个孩子，我经常买礼物逗他们开心，只是觉得养孩子好闹心好辛苦，结婚并不是一件容易的事。

我和马克多还是如以前一样，他仍然对我关心体贴百般呵护，但是我却没有和他结婚的打算。不是我心有所属，只是觉得这个世界让我迷茫迷惑。独自坐在房间里，我经常问自己是否会重复姐姐们的生活，这是不是我想要的生活，是不是我将来的生活，和马克多结婚之后是否会幸福，是否正像人们常说的城外的人想进去，城里的人想出来……这诸多疑问不断困扰我，使我始终没有勇气走进婚姻殿堂。我终于明白贾宝玉最后为什么要出家当和尚，妙玉、惜春为什么去做尼姑。但马克多好像铁了心肠，非我不娶。为此他和父母闹僵，父母逼迫他找对象，他竟然到外面去租房子住。

又一个春天如约而至，生命由于在冬天备足了力量正悄无声息地滋长，冰河下面暗流涌动的冰块正伺机寻找突破口，万物都在复苏都在涌动，似乎能听到植物体内汁液流动的声响、动物体内血液流淌的响动。被灰暗冬天折磨得疲惫不堪的人们也重新燃起希望，人们的筋骨舒展得嘎吱嘎吱作响。在这样的时节里，我却听到一个噩耗，菁菁姐姐得了乳腺癌。当得知这个噩耗时，我和妈妈惊骇半天，怎么也不能将癌症和菁菁姐姐联系在一块，那么可爱的人怎么会得这样的大病？我想象姑姑遭受如此打击会是什么样子，她肯定以泪洗面，神情忧郁。妈妈从姑姑家回来却说姑姑异常冷静。这是我始料不及的事情。

菁菁姐姐很快做了切除手术，手术期间妈妈去看望过她，说她的状态挺好，意志也很坚强。由于工作原因，菁菁姐姐第二次化疗时，我才请好假，和妈妈到金阳市中心医院一块去看望她。我们打听了很多人，好不容易才找到病房。

病房里有三个床位，菁菁姐姐在最里面靠窗子的床上仰面躺着，正打吊瓶。窗外阳光明媚，蓝天使人身心平静，可是病房里却透着一股压抑。姑姑和姐夫张常强都在那里。菁菁姐姐和我最初来金阳见到的那个美人判若两人。她的脸蛋浮肿，面色灰暗，眉头紧蹙，眼神迷离，头发大部分已经脱落，只有少数几根稀疏地贴在头皮上，身体略微发胖。看到她的那一刹那，我的眼泪模糊了双眼。我强忍住泪水，与姑姑姐夫和菁菁姐姐打招呼。菁菁姐姐见到我和妈妈勉强挤出笑容。从她紧蹙眉头的神情，我知道她一定极度痛苦，正在遭受折磨。

站在一旁的姑姑说："一到化疗，她就吃不下饭，睡不好觉，恶心呕吐。"

我们正说话时，菁菁姐姐的电话响起，她看看手机，对张常强说是孩子幼儿园老师打来的，让他接电话。

姐夫接通电话，听老师叙述孩子最近的状况，不住点头答应着，最后挂断电话。他一放下电话就训斥菁菁姐姐："你是怎么当的妈妈！天气转暖，到现在也不给莹莹换小被子，老师还说孩子这也学不会那也学不会，你是怎么管教的孩子啊？"菁菁姐姐低眉顺眼，一声不吭。

姑姑连忙为菁菁姐姐解围，看着姐夫的脸说："这不是非常时期吗。幼儿园里孩子学的内容那么多，这么大的小孩又不识字，肯定记不住老师布置的作业，完不成作业，上课一问三不知，所以老师说这也不会那也不会。这么大的小孩，学那么多东西干吗？到了小学还学什么呢？我对现在的幼儿园真是很失望！也对现在的幼儿园老师失望！"

张常强面无表情，不满地看了一眼姑姑说："这不是理由。人家的孩子怎么能行！"

难道他没有责任？我不满地瞟了他一眼，心里嘀咕，长得帅气也不能当饭吃，帅气的人生气时也是面目可憎。

另外两张床上也蔫躺着两位病人，每张床前都有家人陪护。不大的一间病房挤满了人，房间显得狭小憋闷。我和妈妈站了一会儿，就与菁菁姐姐和姐夫告别。妈妈一再嘱咐菁菁姐姐好好养病，心情要放轻松，要有好心态，要有克服困难的勇气，为了莹莹也要有战胜疾病的坚强信念，又说现在科技发达，疾病不再可怕。菁菁姐姐只是不住点头，脸上不断挤出僵化的笑容。我在菁菁姐姐床头上放了一千元钱，悄悄伏在她耳边说让她出院后买些自己爱吃的东西，菁菁姐姐点头谢谢我。姑姑嘱咐姐夫陪伴菁菁姐姐，又说要陪我们到外面饭店去吃饭。

外面太阳温暖地照射大地，天空万里无云，瓦蓝瓦蓝的，蓝得刺眼。前几天的雾霾被昨天的一场大风扫荡得一干二净，空气有些清凉，树上的嫩绿色点燃了汩汩流淌的生命，好像所有生命都融进了这蓝色的波光里，在眼前不断跳跃，不由得让人眼神迷离。走出钢筋混凝土建成的病房和拥堵的人群，我心里舒畅许多。姑姑在路上不断唉声叹气，我和妈妈好言相劝，她的脸色才有所好转。

医院对面有许多饭店，我们小心穿过被车辆和人群充塞的马路，进到名叫富春餐馆的小饭店里。里面还没有顾客，姑姑点了四个家常菜。我们等待饭菜时，姑姑脸色铁青地说："菁菁的婆婆真差劲！孩子这两次化疗都没有来看看。我从家里带来白面，想给孩子擀面条，到了她家，你猜她婆婆怎么对我说话？'如果做得干净你就做，做不干净千万别给我们添乱！你看你女儿那个邋遢，擀一次面条把面桌糊得不像个样子，你还是不要做了！'当时我气得浑身打战，生气地对她说：'你这样对我不要紧，但是菁菁来你家千万不要再这样，孩子也不是说得病就得病的。'唉，真没有办法，自己找了这样的对象！这个孩子现在怎么这么让我闹心呢！"姑姑说着话，不由得去抹眼泪，接着又说，"以前她婆婆还往家里买菜，自从菁菁生病之后，连菜也不买了，你说她是不是有想法？"

妈妈连忙劝慰姑姑说："不会的！她不会那么坏，你千万不能生气，如果你身体再垮下来，孩子谁来照顾？我们现在最主要的任务就是让菁菁放平心态，让她渡过这一劫，好好将莹莹拉扯大。这就是我们的心愿。"

姑姑叹口气说："是啊。她能渡过这一劫吗？"

我连忙接过话："能！绝对能！菁菁姐姐一向坚强。"

姑姑又抹眼泪："菁菁才二十八岁，就得了这样的病，我怎么这么命苦！如果不来这里，她绝对不会得这样的病。主要是压力太大了，来到这里人生地不熟，所有事情都要自己打拼！她是那种牙掉下来也要咽到肚子里去的人，绝不会向别人低头认输！可是多大的荷叶包多大的粽子！首先要认清自己啊！说来就来，也不给自己留余地！你再看小张吧，也不是省油的灯！我就看不惯他。做导游，应该挣不少钱吧？整天哭穷，说自己不挣钱！去年家里樱桃收成好，这是父母劳动所得啊。你猜人家干的什么事？卖樱桃那几天，他找了几个狐朋狗友，替父母把樱桃全卖了，然后出去大吃二喝，钱就没有了，菁菁一分钱也得不到！你说她能不生气吗？'男怕入错行，女怕嫁错郎。'真是一点也不假！有次，他爸爸发感慨，孩子不学好，都是自己一手造成的，都是自己溺爱的结果。孩子小时，一毛钱一块钱就能哄得孩子心花怒放，可是随着年龄增长，他的胃口变大，视野也变得开阔，一千块钱甚至一万块钱都无法满足他的胃口。一旦父母能力有限，满足不了他的欲望之后，他就会变得乖戾嚣张……"姑姑说着，又去抹眼泪。妈妈陪着姑姑唉声叹气，我只是感觉头脑发胀，木讷地坐在那里。

饭菜端上来时，本来姑姑应该劝我们吃饭，最后倒成了我不断劝说姑姑和妈妈吃饭，不断把盘子推到姑姑那边去。我的胃口还好，妈妈和姑姑都没有吃多少。吃完饭后，我们去车站坐车，姑姑去医院。临走时妈妈又劝解姑姑一番，絮絮叨叨说了一大堆话。

马路上车辆川流不息，人行道上熙来攘往，交通信号灯一会变红一会变绿又一会变黄，一切都在变动，一切都在游走，让人眼花缭乱。身边过路人身体散发出的气味，混合着汽车的尾气在空中散播开来，让人窒息。我心想，我和妈妈也是这些移动分子的组成部分，也散发着各自的气息，然后被风挟裹着弥漫着，直至犹如海中升腾的水汽消失得无影无踪。

终于坐在长途汽车里，我长长地舒了一口气，妈妈望望我，意味深长地说："元元，你菁菁姐姐得病不是偶然的，小小年纪受了不少磨难啊。爱情不如意，受到沉重打击；工作不如意，孤身来了金阳，自己的文化水平不高，肯定要面对很大压力。工作辛苦，挣钱少。两次炒股赔钱，也折磨得她不轻。生了孩子后，她公公婆婆承包了那么多地，哪里有时间给她看孩子！她不得不在家照顾孩子，里里外外都由她一个人料理。我看你姐夫也不是过日子的人，好吃懒做，可是你姐姐又不能抱怨什么，因为这是她自己的选择，怨恨也只能怨恨自己。当时你姑姑那么反对她来金阳，也竭力反对这门婚事，她又是那么要强的孩子，不愿意低眉顺眼，看人脸色行事。她憋屈在家里，心事憋屈在肚里，能不生病？心高气傲的人，嫁到这样的人家，能不受委屈？可是自己又没法向别人述说，久而久之没有地方发泄，就得病了！这是命啊。她这是不听老人言吃亏在眼前啊。"以前听妈妈这样唠唠叨叨，会很心烦，这次我耐心听她继续说，"元元，人不能违背自然规律，什么年龄做什么事。如果违背了，人就会痛苦。我们人吃啊喝啊穿啊就是生活，没有什么高深的东西。我们是平常的人就要做平常的事。找个舒心的对象，生活快快乐乐的，这就是幸福。生活中有些磕磕碰碰，是不可避免的。人还应该有点压力，没有压力，就没有动力，人就要炸毛，就要惹是生非！你张姐夫就是最典型的例子。他父母不用他的钱，他也不用操心盖房子，没有了压力，他就要想事做！这样的人早晚会惹事。话又说回来了，谁也没有在谁家生活过，你菁菁姐姐在她婆家的表现如何，我们也不知道。家家有本难念的经啊！世界既大又小。世界上大人物又有几个？他们也得吃喝拉撒，也不比我们多张嘴巴多个鼻子多只眼睛，晚上也只睡一张床，鼻孔也得喘气。人生短暂，好的时候很快就会过去，想追都追不上，任你哭天抢地都没用！我觉得你年龄不小了，应该考虑考虑自己的婚事了。"

我开玩笑说："以前高中毕业生比现在高中毕业生水平高多了，什么时候学会了辩证法！"

妈妈的话让我陷入深思，我既不自觉清高，也没有可炫耀的资本，仅仅是一位普普通通的高中毕业生，没有受过高等教育，只是不愿意步常人的后尘而已。我很遗憾自己没有进入高等学府深造，这都是由于学习不努力，怨不得别人。上高中时，每当看到老师对那几个学习好的学生百般宠爱，我就心生厌恶，讨厌老师那副德行，也讨厌那些成绩好、优越感强的同学。于是我对学习心生厌恶，上课偷偷看小说。其实老师也不屑去管我们这些差生。现在我才真正明白学习是自己的事，自己学习不努力，到头来受害的是自己不是别人！只是那时脑子一根筋，根本没有往深处去想，也根本没有想到最终伤害的是自己。现在已经工作几年，我不可能永远和母亲生活在一块，应该有自己的选择，一旦做出选择就要无怨无悔，正像贾宝玉选择出家当和尚一样。在这单行程的人生路途中，选择不同也决定了轨迹不同、经历不同、感受不同。

论长相能力，我绝对赶不上菁菁姐姐，可是她却为她的选择付出了沉重的代价。我在心里祈祷她能躲过这一难。我不会像她那样，抓住自己不该抓住的东西，盲目又草率，到头来痛苦不堪，受罪的当然是自己。人生没法推倒重新再来，就像历史没法假设一样。

马克多打来电话，问我是否到家。我对他说回到家我要告诉他一件事。他急切地问我是好事还是坏事，我神秘地对他说回到家就能知道。天仍然瓦蓝瓦蓝的，蓝得刺眼也蓝得使人沉醉。这种蓝色让人的心瞬间变得柔软，恨不得自己就融化在这不掺杂任何杂质的碧蓝中，心灵得到净化。尽管春天悄无声息地来到人间，生命流淌的汁液汩汩作响，仍然让人感到空中透出的凉意。汽车飞速向前行驶，道路仍然飞快地延伸，树木田地庄稼一闪而过……

似水年华

一

一大早，天空乌云密布，水汽十足，犹如吸足了水的海绵，所有物体都蒙上一层灰色，风不时在耳边吹响。这样阴霾的天气让人心里添堵。我的心七上八下，如这恼人的天气，惶恐阴沉，也有些许好奇和浮躁。匆忙吃过早饭，丈夫高天开车送我到市教委集合，然后我们一行老师一起去阳城支教。

我和高天到达教委时，大部分老师已经三五成群地等候在办公楼下面，站在即将载我们的白色面包车旁。大家打扮各异，从外貌气色判断，他们的年龄和我差不多，也有个别年龄较大的。老师们互相打了个招呼，很快融洽熟络起来，询问对方来自何处，要去哪所学校支教等。我和一位看上去颇为年轻的女老师林景交谈起来，从她那里得知，我和她还有两位男老师都要到阳城一中支教。她远远指给我看站在远处的两位男老师，瘦高个子姓郭，教美术；较胖的姓孙，教体育。正好瘦高个子朝我们这边望来，我们彼此一笑，算是打过招呼了。天空不再那么阴沉潮湿，空气在老师们之间变得温润生动，其乐融融。

我和丈夫告别，和其他支教的老师乘上面包车，迎着被层层乌云包裹的太阳驶去。太阳始终不肯露面，偶尔昏黄的云彩闪现在东方天空，显得那么神秘和飘忽不定，犹如我们此时的心境。除司机外，加上教委委派的王主任，车上一共有十七人。笑声、谈话声随着移动的车子不时溢出，车窗蒙上一团雾气，市内高楼大厦和道路两旁的树木飞速地向后闪动，车外影影绰绰。

我们是第一批在本市内部进行支教的教师，对下面的县市区感觉新鲜和好奇。从老师们的谈话里，我大体了解到，我们这批支教的老师都来自小学、初中、高中和高职院校，我是被聘为中教高级的教师中最年轻的。王主任谈论起在外地支教的情况，老师们都安静地听他侃侃而谈。他说他当年支教时，当地的社会治安挺好，老师们到学校外边买东西或闲逛都不觉得陌生。他又对当地人的热情好客大谈特谈，讲他们大块吃肉大碗喝酒的豪爽，说到兴起时眉飞色舞，似乎当年的酒香仍然缭绕在齿间，久久不散。最后他自豪地说，自己在那里练就的一身过硬本领就是酒量增大，说完哈哈大笑。笑声也能传染，他的笑声引逗得其他人也不由自主地笑起来，犹如波浪一波一波荡漾开去，车内春意盎然。

随着大家的笑声平息，烦恼也乘虚而入。我并不害怕吃苦，只是儿子高山才八岁，刚上小学三年级，正是需要我照顾的时候，我却离开了他，总觉得有所亏欠。早已退休在家的父母也坚决支持我支教，于是我积极踊跃报名了。值得欣慰的是，大学有五个同学都在阳城教学，我去那里不至于太孤单。想到此，我不再感到惶恐不安，倒有些憧憬未来。我现在更关心的是大学同学于丽丽的境况。

于丽丽是那时我眼中的美女，是我心中永远的女神。现实生活中，她是我见过最漂亮最温柔的女孩。她个子1.7米，身材颀长，不胖不瘦，一张标准的瓜子脸白里透红，柳叶眉下镶嵌着犹如一潭湖水似的眼睛，一张樱桃小口，笑起来时腮边有两个酒窝。她还有一头瀑布似的及腰的秀发，又黑又亮，即使在理发店修剪或烫染过的头发也不及她的秀美。上大学时，每当看到她的脸庞，我总会想如果我是个男孩，一定对她"狂轰乱炸"。尽管那时我们算不上好朋友，我却时常关注她。

从镜子里看看自己这再普通不过的一张脸，除了厚嘴巴外没有任何特色的五官，我心里就憋屈，怨恨造化弄人。我并不嫉妒于丽丽，只是对自己的长相不满意。有时，我开玩笑地问父母，为什么生了我这么个平平常常的"八戒"闺女。他们却自豪地说我和弟弟都是他们的心肝宝贝。那种幸福感我做了母亲之后才真正体会到。其实孩子丑俊并不重要，重要的是他们要有健康积极向上的心态，有一颗感恩、宽容、善良的心。其实所谓丑俊都是相对的。

我们宿舍里被称为"二号美女"的丁亚茹，同学们背地里还称她为"醋坛子"。她对丽丽不是横眉冷对就是恶语相向，整天咋咋呼呼，走路也风风火火。如果别人招惹了她，她犹如刺猬一样，不时将毛刺扎向别人，似乎天下人都与她为敌，都与她过不去。我看不惯她那副德行，很少和她有交集。

刚毕业那几年，我和于丽丽还会互通电话、互相走动，后来我一结婚生子，工作压力又大，自己的圈子变得越来越小，从此便和她失去了联系。只知道她毕业后，和大学时的男朋友李海生各奔东西，她回了阳城，李海生回了银城，各自成家立业。当时大家都认为他们是金童玉女，是天造地设的一对，可惜最终劳燕分飞。

记得一次在大教室里上完课，丁亚茹见到几个男孩子围坐在于丽丽周围，坐在后排的她对着于丽丽大声地冷嘲热讽。本来高高兴兴和同学们谈话的于丽丽听到她的话，闭紧嘴唇，脸蛋红一阵白一阵，窘迫地摆弄手指，眼泪似乎要流出来，连在一旁经过的我也看不下去了。这时陈虎腾地站起来，冲丁亚茹大喊："你有毛病吧！干什么欺负人！"丁亚茹大喊："我就是看不惯她！"其他男孩不屑地瞧瞧她，见于丽丽默默离去，大家也都悄悄散开。丁亚茹也斜着陈虎，气鼓鼓离开，嘴里仍然念念有词。

二

面包车陆续将老师们送到各个接待点，最后只剩下我们四位老师，我们先到县教委。在会议室里，局长、办公室主任和接待人员热情接待了我们，局长致欢迎词，说刚接到市教委通知，欢迎我们的到来，感谢我们为阳城人民做贡献。之后我们坐上出租车，车行驶在宽阔整洁的马路上，鳞次栉比的大厦在我们眼前闪过。其实国内的建筑基本上都千篇一律，只是大城市的楼房更高更密，人口更多，小城市的楼房稍低，人口较少而已。

我们欣喜地望着周围的一切，不知不觉到达阳城一中。一进入学校，一座高大气派的教学楼呈现在眼前，大楼两边分别又连接斜侧着的大楼，样子犹如雄鹰展翅，显得威风凛凛。楼前面有一个布满鲜花的大花园，似乎能嗅到鲜花的芳香。楼两侧有宽阔笔直的马路通向后方。我们沿着右边的马路，来到马路东边的又一幢高楼下。下车后，接待人员说这是办公楼，先让我们到一楼最西头的办公室里休息，说自己要到校长那里去汇报，等待校长下达指令。

我们坐在沙发上等待，刚开始我们四个海阔天空地闲扯，然后互留电话号码。好不容易等到接待人员来了，他说根据学校指示，林老师和孙老师留在南校，我和郭老师去北校教学。我心里一阵窃喜，至少有一个伴不孤单，这样我和郭老师可以相互照应。我们和他们道别，又坐上刚才的那辆出租车，风驰电掣般沿着公路向北校驰去。

坐在车里，我惊叹南校之大。抬头朝前望去，马路的宽度大约和泰阳市里的虎山东路一样。驶出学校北门，穿过更宽的东西大马路，我们来到北校。北校的格局和南校相似，照样气势恢宏。司机说原来南北校是一座学校，只是由于被东西大马路隔开才分成现在的南北校区。我心里想，如果算上马路，南北两座学校加起来，面积约是我们学校的六倍！

我们到达北校后，接待人员引导我们见过校长，然后领我们到一楼一间办公室，要我们等待任务。我和郭老师百无聊赖地等候在那里，看看时间已经中午十一点半。透过窗子，太阳发出昏黄的光芒，天空不阴不阳，树木耷拉着脑袋，毫无生气，硬化水泥地面白花花一片，无限伸展，比天空还晃眼。

等了好长时间，郭老师说到艺体楼那里去看看。他走之后，办公室里只剩下我一个人。写字台上面光秃秃的，一本书也没有，百无聊赖，我拿出手机，坐在沙发上看微信。之后接待员来到办公室，告诉我中午饭自行解决。

由于对周边一切都不熟悉，我给郭老师打电话，说请他吃饭，他在电话那边说，负责艺体组的刘校长以个人的名义请他吃饭，并邀请我和他们一块去。我问他是否认识刘校长，他说不认识。我对刘校长的好客豪爽感到非常意外和感动。

三

我和郭老师乘刘校长的车来到金阳饭店。房间虽然不大，但让我们感到温暖。三位女老师已经等候我们多时。刘校长先向我们道歉，说由于来得晚，房间有点儿小，让我们不要介意。他又为我们介绍了三位老师，留长发的老师姓陈，留短发的那位姓蔡，穿一身套装的姓郝。我和郭老师与她们寒暄一番。

刘校长非得让我坐主宾位置，他的理由是这些老师中只有我教语文，其他老师都是艺体组的成员。盛情难却，我只好坐到主宾座位上，郭老师坐在副主宾位置上。我们落座后，饭菜也摆上来，有清蒸鲤鱼、红烧板鸭、爆炒鸡块、糖醋里脊、山药炒木耳、西红柿炒鸡蛋等一共十道菜，都闪动着诱人的光彩等待我们去品尝。刘校长他们热情好客，我们开怀大吃。刘校长和郭老师喝啤酒，我和三位女老师都以茶代酒。由于下午还要上班，他们两个都点到为止。两位男士都是典型的山东大汉，豪爽又热情。

我们在其乐融融的氛围中分享着这顿美餐，边吃边聊，我了解到，陈老师和蔡老师与我同岁，同一年大学毕业，她们去年聘上中教一级；郝老师仅比我小一岁，比我晚一年大学毕业，是中教二级。刘校长说他正在评高级，不知道能否评上，看造化吧。刘校长还讲述上大学时学校里的趣事，最后我发现我们竟然是同一所大学毕业，他比我高两级，体育专业。他还说为了迎接体操比赛，他曾经当过我们中文系的教练。我忽然记起一位瘦高个子的小教练，站在同学们面前紧张得脸红脖子粗，大气不敢喘，不时搓动两只手，偶尔用手摸摸鼻子，引得同学们捧腹大笑。我问那个小教练是不是他，他的脸忽然变红，豪爽地笑着说，那时自己还太嫩，我们不由得都哈哈大笑。大家都感慨，地球真小，小到大家越谈距离越近，关系越融洽。

和他们相比，我觉得自己幸运多了。理想是美好的，而现实是骨感的，我越来越深刻地体会到这句话的含义。原来认为自己的生活平淡如水，现在反而感受到充实幸福。这里的老师虽然生活清苦，但在自己的范围之内尽职尽责，我对他们充满了敬意。

去年我在高中同学群里看到一位同学发了一段话，吐槽现在老师的素质越来越差，课上不给学生讲知识重点，课下给学生补课时再讲。群里同学有各行各业的，但是当老师的也不少，小学、初中、高中、大学的老师都有，没有一个人发声。我忍不住，于是发了这样的回复：课上不讲重点课下讲的老师确实有，这只是个别现象，而不是普遍现象。我所在学校和市里的几所重点中学的实际情况并非如这位同学所言，老师们都在教学岗位上尽职尽责，从不敢懈怠马虎。这是老师们最起码的职业道德。有老师课上不讲课下讲重点的情况，这只是个例，不是一位正常老师所为，为人所不齿。大部分人都在自己平凡的工作岗位上默默奉献，是他们撑起了祖国的大厦，使国家正常运转，让人民过着安定和平的生活。这位同学难道不是在自己的工作岗位上默默奉献吗？没有调查就没有发言权，不能将个别现象当成普遍现象，这样容易引起矛盾，造成不良影响，这既是对自己负责也是对他人负责。我作为一位老师最知道情况，也更能代表老师们的心声。请原谅我说实话。谢谢！

后来那位同学在群里道歉，之后我们又互加微信。经过聊天得知，我们竟然初中也是同班同学。

在不知不觉中度过两个小时，我们吃完饭，往学校里赶去。

离开饭店时，刘校长悄悄地嘱咐我们要住在北校学生公寓里。

四

到了学校，我和郭老师又一次对他们表示感谢。天空仍然不阴不阳，太阳躲在浓厚的云雾后面，露出令人瞌睡的昏黄的光芒，风消停下来，四周灰蒙一片。我和郭老师朝一楼办公室走去。范主任正坐在办公室里的老板椅上，他先领我去见级部赵主任，我们寒暄完，又领我到我所在的办公室，一一把我介绍给五位老师。教语文的同行章老师给我的印象最深，他个子不高，其貌不扬，但忠厚老实，待人热心。

然后范主任又开车送我和郭老师去宿舍。行驶一会儿后，车停靠在南校北边的一片树林旁。高大的白杨树郁郁葱葱，挺拔向上，显示着勃发的生命力，风声阵阵，树叶经风一吹发出哗啦啦的声响，似乎在欢迎我们的到来。林中幽静安然，在这里，即使有伤心事，烦恼和忧愁也会一扫而光。

下车后，范主任从车厢里将被子、褥子、脸盆、暖瓶等搬出，然后又帮我们搬运到树林后面的一座六层楼的二楼上。另一位分管宿舍的主任在那里等着我们。

靠楼梯附近的宿舍门口放着一堆垃圾，一张上下两层学生用的铁床紧靠在窗边，上层摆放着不知谁用过的皮箱，窗户落满灰尘，东南墙角有两张蜘蛛网，其中一张网上正晃动着一只张牙舞爪的大蜘蛛，似乎要捍卫自己的领地，不容许任何人侵犯。我试图推开窗子，结果没有推动，手上却沾满了灰尘。

我又走出门外，外边走廊黑乎乎的，布满灰尘，楼梯扶手锈迹斑斑，发出铁腥味，发黄的两根电线从三楼楼梯斜垂下来，拐弯穿过楼梯边上脏兮兮的已经破损的窗户。

我问范主任有没有卫生间，他指指右边，我走到卫生间门口，里面也是一片狼藉。记起刘校长嘱咐过我们的话，我笑着说："我倒不在乎条件差，但是我觉得不安全！"

郭老师插话说："我倒没有觉得不安全，关键是我们没有办法洗澡，连个卫生间都没有。大热天谁受得了？毕竟这才刚进九月份，你们还是想想办法吧。"

我们的话终于在空中发酵，范主任挠挠头："要不，你们住公寓吧。"

听到此话，我忙说："好！我同意。"心想这正是我要的答案。

我们只得又搬走行李，尽管劳心费力，我还是欣喜无比。

五

终于住进学生公寓，每间都有卫生间，房间也比较干净明亮。从窗子里向南望去，尽管天色灰蒙蒙，眼前也为之一亮，一条笔直的大路向东西两方延伸，隔离带将大路分成三部分，中间大路是机动车道，宽敞明亮，车辆来来往往。再往外的两边道路稍窄，是非机动车道。也许隔离带里栽种的树木时间不长，叶子细小又无精打采，也辨不清树种。再往外是人行道，人行道两边是绿化带，草坪上黄杨和塔松点缀其间，朝东西方向铺展开来。路南最外围的白杨树郁郁葱葱，南校的楼房隐藏在杨树后面。由于住在最西头，房间比较大，比其他房间多出将近一半的空间。尽管房间的四角都摆放着上下两层的铁床，我已经心满意足。这样我可以放置物品，还可以把床充当柜子、桌子用，床四周也可以挂上衣架来晾晒衣服。

住在公寓楼里，我感觉时光倒流，好像回到十多年前的大学时代，虚幻而又真实。人没有变，只是心境变了，再也没有对未来的憧憬与惶恐。看着透明的玻璃门，我深知我必须出门买贴窗纸，否则今晚在宿舍里我会睁着眼睛等到天亮。

阳城一中北校坐落在阳城的东北方向，紧邻青山水库，湖光山色相映成趣。站在水库的大堤上，向北远眺，青山水库尽收眼底，碧波荡漾，水天一色；向南俯瞰，公园草木繁盛，生机勃勃；向东望去，青山横亘于眼前，山体不高，岩石突兀。这是后来我和同事一块去那里欣赏到的美景。由于学校前不着村后不着店，荒凉冷清，我平常不怎么出学校。我给住到男生公寓里的郭老师打电话，让他陪我去离学校挺远的超市购物，他爽快地答应。我们一块走到学校大门时，中午在一块吃饭的郝老师停下车，询问我们去哪里。她知道我们要去购物时，执意要送我们一程。我的心瞬间融化，向她投去感激的一瞥。

在车上，郝老师向我们介绍学校周围的情况，我们好奇地看着车外的一切：学校西边呈现百废待兴的局面，路南正在建造几座小高层，大吊车犹如巨人的胳膊伸展开来，阴森冷峻；路北的民用房屋都被推土机推倒，一片狼藉，歪斜地躺在残垣断壁中苟延残喘。约十分钟，郝老师送我们到达距离学校最近的超市，我们对她表示感谢。超市不大，购完所需用品，我们又在附近饭店匆匆吃过饭，然后匆忙赶回宿舍。

手里拎着大包小包，小包里装有生活必需品，大包里面装着苹果、梨、葡萄、桂圆、山楂片、杏仁、桃仁等，只要我认为有营养的食物，都购置了不少，怕学校餐厅的食物不合胃口，只能额外犒劳自己。郭老师手里也拎着大包小包，他买了水壶、蚊帐、电源插座、废纸篓等，也买了一些零食。

六

回到宿舍，我做的第一件事就是先在房间门上贴上贴纸，这样我才觉得更安全些。然后又在墙上扯上绳子，用来晾晒衣物，接着打扫卫生，将床被铺好。房间刚收拾得有点样子，老公打来电话嘘寒问暖，我把当天经历的事情说给他听，说了没多长时间，儿子接过电话，对我说自己是男子汉，不要挂念他，他没办法保护我，要我保护好自己。我的眼睛顿时湿润，心里暖意融融，心想自己走出来，也是对孩子的一种历练。想起儿子就感到无限的温暖，好像有了永远的牵挂。

高山六岁时，闺密杨莲带女儿花云到我家来玩。花云长得可爱，犹如一位小天使。水灵灵的大眼睛似乎会说话，皮肤嫩得像水蜜桃，鼻梁高挺，头发有点淡棕色，像洋娃娃。两个孩子玩得开心极了。正好那天婆婆住在家里，闺密带着女儿走后，婆婆对高山开玩笑说："花云长得可爱又聪明，你以后娶她当媳妇吧。"高山睁大眼睛说："我也正考虑这件事呢，到现在也没有想明白，等我长大后再给你们答案吧。"他的话让我们笑了半天，从此婆婆逢人就说起这件事，有时话还没有到嘴边，笑声已经响遍整个房间，让人摸不着头脑。

和儿子挂断电话，我又赶紧给父母打电话，告知他们我来到阳城很好，不要挂念。打开微信，三个在市里上班的同学询问我到阳城的状况，我一一给他们回复。两位同事也发来微信，要我照顾好自己。我简单向他们介绍了学校的情况和自己的感受。

十点钟我终于坐在灯下，准备明天到阳城的第一节语文课。

来到阳城的第四天，最常听见老师们说的两个词语是"集备"和"着急"。"集备"的意思是老师们聚在一起集体备课；这里的"着急"不是用来形容人的脾气急躁，而是指人未老先衰。我也习惯了学校里的生活环境，除了买菜做饭不方便外，其他的都适应了。为了省事，我就干脆到餐厅去吃饭。饭食价钱贵不说，味道也不鲜美，但不至于难以下咽。我是那种比较注重营养的人，只要营养足够，我并不挑剔食物的味道，所以生活得还比较惬意和滋润。这样我可以有大把的时间读书，提升自己的水平，提高自己的修养。对我来说，书带给我的营养和饭食带给我的营养同等重要。

我所在办公室的老师们教音美班，多是上年纪的老师，压力较小。其他班级，主要由没有获得职称的老师们任教，学校管理严格，对老师们高标准严要求，老师们的压力颇大。办公室里一共有六位老师，除了我之外，张老师最年轻，三十七岁，任班主任，教英语，说自己十多年来一直担任班主任，现在是中教二级。

张老师说："哈哈……今天发生了一件极其滑稽的事情，一个学生家长打电话说儿子马钢生病，已经回家了。从电话里我听出这位'父亲'的声音很像是孩子的。平时这孩子调皮捣蛋，于是我给他爸爸打电话核实情况，结果接电话的爸爸也是冒充的，这位自称是他爸爸的人也不是他的真爸爸！你们猜发生了什么可笑的事？这位爸爸居然是另外一个学生的家长！这真是大千世界无奇不有！"

我们好奇地问他怎么识破这件事的，他说："那位家长给我送他儿子的身份证时，我正给马钢父亲打电话，他恰好就站在我面前接电话！最后这位家长说了实话，马钢花了五十元雇他代替自己的爸爸与我通电话，以前来学校和我见面的也是他！马钢的真爸爸始终没有露过面！"对学生的这种伎俩我们已经见怪不怪，但对于这么巧合的事情我和其他几位老师还是忍不住大笑起来。

老师们到级部签到后，办公室里只剩下我自己，我独享一个人的寂静。早早备好课，一个人百无聊赖，于是我给在实验中学任教的班长牛军打电话，说已经在阳城支教，电话那边传来不满的声音，责问我为什么没有提前告诉他，并说今天晚上同学们要请我吃饭，我欣然接受邀请。

七

好不容易等到下班时间，我到级部去签退，出来办公室，走在校园的路上，头顶漫天的晚霞，呼吸着清新的空气，感觉神清气爽。

班长开车到学校门口接我去饭店，我们来到一间优雅别致的房间。老同学丁亚茹、何英强、邵胜利已经等候在那里。多年不见，他们脸上都写满沧桑，牛军和邵胜利的头发有些发白，何英强略微胖些，倒比以前入眼，丁亚茹仍然长得细皮嫩肉，但眼角爬上了鱼尾纹。我心想不知他们见了我是否也有同样的感觉，岁月如飞刀，刀刀催人老，确实一点儿不假。见面后，我们欢喜不已，我和丁亚茹又搂又抱，坐在椅子上互诉衷肠。以前看不惯她的那种心理早已荡然无存，见了面只觉得有聊不完的话题。聊到同学们的境况时，丁亚茹的脸耷拉下来，唉声叹气，我一脸迷惑地看着她。

她叹了一口气说："于丽丽一会儿就来，她真是多灾多难啊。"我"啊"了一声，她继续说："我知道用红颜薄命来形容女性，是父权社会对女性的歧视贬低，但是于丽丽确实命运多舛，这是我始料不及的。以前我那么羡慕她嫉妒她，现在对她只有可怜和同情啊。"

牛军岔开话题："亚茹别说了，让人心生难过。"

何英强给大家倒好菊花茶，示意我喝茶。丁亚茹又打开话匣子："金明子和我们是老同学，有什么不能说的。当年于丽丽和李海生出双入对，羡煞多少人！我们都认为那是一道亮丽的风景，男的帅气英俊，女的温婉端庄，他们在一块真是绝配！可是大学一毕业，他们两个各奔东西，好好的一对就这样让现实给拆散了。说实话，那时我确实嫉妒她，嫉妒她比我漂亮比我温柔，怨恨上天不公平。有时我还悄悄躲在无人问津的地方偷偷抹眼泪，为什么于丽丽要什么有什么，我就不行，我也不比她差哪里去呀。我发觉我活在于丽丽的影子下，所有目光都集中在她身上，而我只是她的陪衬。最让我伤心的一次是在一年元旦晚会上，她唱完歌从舞台上下来，所有人的目光都聚焦在她身上，而伴舞的我被冷落在一边，当时我的肺都快气炸了……"她的话使我回忆起天真烂漫的大学时光,她的停顿又把我拉回到现实中。我的目光游走在她脸上,但见莹莹泪水溢满她的眼眶,我赶忙从餐桌上的抽纸盒里抽出两张纸递给她,她接过纸,擦擦眼睛,接着说:"都怨我,我不该怪她骂她,她那么可爱,应该得到幸福的啊!"

我安慰她说:"这是人之常情,像我就不嫉妒于丽丽,因为我跟她比差得太远了,你是因为活在她的光环之下才心生难过,要是换我,也不知怎么嫉妒她呢。"

也许我的话起了作用,丁亚茹感激地看看我,继续说:"人生无常啊。于丽丽和李海生分手后,她回到阳城,一直不着急找对象,见了一个又一个,始终没有满意的,最后终于挑了一个在组织部上班的小伙子。那小伙子长得高大魁梧,英俊又有才气。两人一见钟情。他们结婚后,恩恩爱爱,同学们都为她祝福,我也衷心祝福她。说实在的,那时我一点嫉妒心都没有。可是好景不长,她怀孕两个月的时候,有次,她丈夫骑摩托车带她出去玩。在马路上,对面来了一辆大卡车,直直地向他们冲去,在最危险的时刻,她丈夫用胳膊肘向后一抬,将她使劲推出去好远,自己却撞在了卡车上,当场身亡,血流了满地,惨不忍睹啊!"我的心被揪紧,忙问于丽丽怎么样。

邵胜利催我喝水,我应付地喝了一口,他笑着说:"我和丁亚茹同病相怜,我也是活在李海生光环下的人。不提当年了,都是过眼烟云!于丽丽确实可爱漂亮,关键是咱没有那个命啊!"

丁亚茹接过话,又望着我说:"我还没有说完呢。于丽丽昏迷不醒,当时有好心人打了120,把他们拉到医院里抢救。于丽丽的父母知道这件事之后,让他们分别住在不同的医院。其实她对象住不住都一样，送到医院人早已经气绝身亡。于丽丽在医院昏迷了几天，最后苏醒过来，肚子里的孩子竟然安然无恙。于丽丽睁开眼睛第一句话就是'他呢'。她父母哄她说丈夫身上打了石膏，不能下床，需要静养三个月。"丁亚茹又哽咽了，用纸擦擦鼻子，继续说："她父母瞒了她十天后，她终于忍受不了，说：'今天我必须见到人，你们肯定瞒着我什么事情，我活要见人死要见尸，你们要是不让我见他，我就死给你们看！'父母知道再也没有办法隐瞒下去，只得说了实话。她当场就晕死过去，最后被抢救过来。从此她安心养病，保养好身体，决心要生下他们的孩子，算是对他的报答和怀念。孩子是生命的延续，也能给她以慰藉，做她的精神支柱。"

何英强从兜里掏出香烟，叼在嘴上，又掏出火机点燃，深吸一口，烟雾顿时袅袅升腾。他神情黯然地说："都怨我，我不该向你们两口子提议来撮合她和李海生，你看他们现在和敌人似的！我们何苦呢？本想让于丽丽过得幸福，现在可好！"

丁亚茹佯装生气地说："你们又吸烟，也不管我们！你们要知道吸二手烟对身体造成的危害更大啊！"

何英强笑着说："心情不好嘛，下次改了还不行！"

大学时何英强曾经追求过我，经常写纸条给我，那时我嫌弃他瘦弱，个子不高，没有男子汉气概，还给他一张写有"照照镜子看看自己"的纸条。他回了一张纸条给我，上面写着"大丈夫士可杀不可辱"。光阴荏苒，他变得成熟深沉，也许是长了肉的缘故，他现在阳刚多了。这真是我始料不及的事情。随着时间的推移，人们的相貌心态会发生很大的改变，以前长得帅气的现在变得老气横秋，甚至满脸横肉；以前长得歪瓜裂枣的却变得平头正脸。

何英强知道邵胜利不吸烟，没有给他递。牛军接过何英强的香烟，也吞云吐雾，用手指将烟灰弹到烟灰缸里说："我们好心做了坏事啊，但是我始终想不明白李海生为什么会是这样的人？为什么不能对于丽丽好一点！"

丁亚茹接过话说："李海生确实对她有感情，只是心胸太狭隘了，容不了别人对她好！如果男同事给她打电话，李海生总会在一旁侧耳细听，不放过任何一个字，等于丽丽放下电话，他就开始追问是谁打给她的，找她干什么。还让于丽丽不要和别人多接触。"

邵胜利端起杯子喝了一口水，接话说："我真服了他！他非得说我对于丽丽有意思！说实在的，上大学时，我确实对于丽丽痴情，但那早就是过去的事情了。现在我很爱妻子，有一个幸福美满的家。当年李海生在银城结婚生子，不想儿子六岁时，妻子得了脑癌去世了。他和于丽丽同病相怜。每当看到于丽丽痛苦的样子，我就难受，于是我们竭力将他们两个撮合成一家人。没想到这日子又很快过不下去了，他竟然是这样的人！太自私了！离婚就离婚呗，为了能多分财产，他甚至装疯卖傻，还伪造欠条说于丽丽曾经借过他十万元。这哪里是夫妻一场，况且还是曾经的恋人！"

正在这时，于丽丽推门进来。十多年没有见面，她漂亮如故，时间没有改变她的容颜，还是那样娇美宜人，楚楚惹人怜爱。她穿着白色连衣裙，合体又典雅，给人一种超凡脱俗的美，用什么词语形容她都不过分。不过我隐隐约约感到她一双湖水似的眼睛里隐藏着忧郁，没有以前清澈透明。

我站起来，其他同学也都站起来迎接她。她拉住我的手左看右瞧，微笑着说："我们的金明子变得越发动人了，尤其那个小厚嘴唇更惹人爱怜了。"

担心她听到我们刚才的谈话，我遮掩说正海阔天空地闲扯呢。于丽丽毫无避讳地说："大家都大老远过来，我能不来吗？只是有个客人在家里坐着，我说同学有约，他就是不走，于是来晚了。"

牛军插话说："以前都怨我们没有把好关，这次你可要仔细看看，别再上当！金明子是大地方来的，过几天让她见见现在追你的那一位，也给你做个参考。"

丁亚茹急切地说："好主意。我和牛军，包括在座的同学都担心你呢。金明子，你一定要为丽丽参谋参谋，掌掌眼啊。"我痛快地答应。

这顿饭我没有吃好，心情一直不能平静。我为于丽丽的遭遇唏嘘不已，心里暗暗流泪，感叹世事无常。对她的遭遇，我始终接受不了，那么楚楚可爱的人为什么遭受如此打击，竟然受了这样不可思议的罪？更让我震惊的是，以前那么嫉恶如仇的丁亚茹竟然像变了一个人似的。也许生活和时间的磨砺使她变得宽容随和，也许于丽丽的遭遇激起了她的同情心。

老子曾言"天地不仁，以万物为刍狗"，确实不假。有人外表华美，可能内心险恶；有人表面丑陋，可能心地善良；有人腰缠万贯，可能英年早逝；有人穷困潦倒，可能才华横溢。好的事情可能都发生在一个人身上，不好的事情也可能都发生在一个人身上。所有这些，构成了一个人完整的一生。而我们能做的，只有坚定自己的信念，然后坚持走下去。我也终于明白，人得势时，要学会低调，要学会关心他人；人失利时，要有信心，要学会坚韧，终有一天事情就会柳暗花明。

八

来到阳城一中三个星期，我已经对学校管理学生的情况非常了解。学校对学生实行无缝式管理，早晨五点半，学生睡眼惺忪地从床上爬起来，匆匆吃过早饭，六点十分准时到教室中晨读；上午上课，其间有半小时的大休息，学生都要到操场上操，上完操之后约有十分钟的放松时间；午饭时间也挺短暂，吃完饭后大约午睡一个小时，然后去教室上课，下午六点放学。学生有四十分钟晚饭时间，晚饭后再去教室上自习，一直学习到晚上九点四十，然后匆忙地回宿舍洗漱睡觉，十点钟值班领导和老师会准时去宿舍查夜。

我把课程都调在周一到周四，周四上完课，就可以和郭老师一块回泰阳。南校的林老师也和我们一块走，在车上我们三个聚在一块，有说不完的话题，不是谈论家庭就是谈论学校以及其他逸事，在这种愉快的氛围中结束行程。周周如此，月月如此，无形中大家已经把真实的自我展示出来，不设任何防备，我们之间的友情也越来越坚固。

在阳城生活是一种感觉，回到家是另外一种感觉。人没有变，只是所处的位置发生了改变。随着年龄的增长，我不再喜欢多变的环境，通过这次支教，我越发觉得一方水土养一方人，所有事情都是相对的。起初一些朋友知道我到阳城支教时，好心劝我何苦去那里，又不缺这不缺那，为什么自找苦吃。我听了只是笑，多数情况下，我们无法说清哪种选择会更好。因此我们要学会取舍，有舍才有得。既然做出选择，即使道路再险象环生也要无怨无悔。

今年暑假期间，儿子不愿意去他奶奶家，说生活不习惯，也没办法上网玩电脑，我和老公连哄加劝，一家三口才一块去了婆婆家。正好婆婆家的房子后面有一片密匝匝的小树林。酷暑天，林中浓荫匝地，凉爽幽静，蝉儿在枝间鸣叫，鸟儿在林中啁啾，虫儿在草丛中弹唱。久处在浮躁喧哗的闹市中，突然回归大自然，使人彻头彻尾地放松，一切烦恼压力抛之脑后，只剩下心灵的愉悦和对大自然的感恩。我们在林中乐此不疲地用竹竿粘知了，逮蚂蚱，儿子也不再哭闹着回家玩电脑游戏，我乘机对他说，去哪里生活都会有意想不到的收获，也会有无穷的快乐，只是看自己的心境而已。

刚来学校时，看到空阔无人的大操场，我心生恐惧，担心傍晚没有地方去散步，现在早已打消这种顾虑，因为我根本没有必要去操场。校园那么大，道路那么宽敞，我在哪里都能散步，都能锻炼身体。清新的空气任我大口呼吸，没有人与我争抢。饭后等到学生去上自习，我便独自在校园里闲逛，享受独处的妙处。

天上仅有两三颗星星不知疲倦地眨着眼睛，除了西边南边泛红外整个天空漆黑一片。灯光将道路和周围分割成黑白两个世界，我好像也被切割开来。环顾四周，整个校园寂静异常，有时头顶上啪嗒掉落到地面上的树叶，让我警觉地环顾四周，只听到日光灯发出的嗡嗡声，间或两边林地里传出的虫鸣声。路两边空地开阔得让我心虚，不小心踩到落叶发出的嘎吱声使我不由自主地加快脚步，往教学大楼前面的道路走去。

久住在喧嚣城市里的我，对约有一百米那么宽的宽阔道路简直适应不了。路中间横亘着一个大花坛，里面栽种着被园丁修剪得齐刷刷的冬青、黄杨和刺柏。花坛两边分别挺立着法国梧桐，树两边又开辟出狭长的一字排开的几个花坛，稀疏的草散落在花丛中。路上空无一人，我幽灵似的穿梭在花坛间，偶尔有老师骑自行车或者摩托车匆匆驰过。这空阔区域似乎只属于我一个人，我的脚步声在耳旁回响，有时疑心有人跟在身后，待转身看时却空无一人，仍然是一片空旷静寂的世界，这片世界仍然由我自己独享。校门口两侧高高挺立的路灯照射着周围的一切，消减了我的恐惧感，我漫步其中，自得其乐，静静地享受这种静寂，享受这种天籁地籁的和谐统一。

我仍然对于丽丽的遭遇不能释怀，心想世界上最美好最浪漫的爱情终究抵不住时间的磨蚀，像《红楼梦》《梁山伯与祝英台》《罗密欧与朱丽叶》等都以悲剧结束，如此说来爱情是最脆弱的一种情感经历。看来要想维持长久的爱情，不必爱得死去活来，只要平平淡淡，关心体贴容忍对方，留给彼此一定的遐想空间，才能长久。

何英强给我发微信，说我越来越有女人味，要我照顾好自己，我给他回微信，谢谢他的关心，并恳请他原谅我以前对他的不敬。他发给我一个笑脸，又发给我他女儿的几张照片，我发给他我儿子的几张照片，又发给他几张卡通表情。

儿子打来电话，我听出语调异常，问怎么回事，他哭诉说爸爸已经打了他四次。我忙问缘由，他说数学没有考好。我问为什么没有考好，他说看错了题。我安慰他没事，下次考试要细心，我相信他的实力，安慰他说他是世上最棒的孩子。我又让高天接电话，高天接过电话，我的语气顿时变得强硬，责问他为什么打孩子，整天让孩子反复做题，根本不能激发孩子的创新思维，问他是否有意义，打儿子是否值得。高天变得语无伦次，反复说孩子态度不好，又说自己也在不断学习。我向他强调对孩子要以理服人，不能用强制恫吓的方式教育孩子，警告他以后不能再打孩子……牛军也打来电话，要我明天晚上去见于丽丽现在交往的男朋友，我欣然答应。

九

下午去级部签到前，我在宿舍里精心打扮了一番。先试穿一身牛仔服，在镜子前转来转去，不满意，又改试套装，还觉得不满意，最后穿上深蓝色连衣裙，外搭带有蕾丝花边的白色小衫，再搭配一双白色皮凉鞋。站在镜子前面，我终于满意地笑了。

下班后，何英强接我去饭店，说我们要到阳城最好的饭店。天犹如吸足水分的灰色幕布，无精打采地悬挂在眼前，整个世界灰蒙蒙雾蒙蒙的，天空和大地连成一体，到处都是水的世界。风声在耳边震响，打破了这犹如一潭死水的世界。毛毛细雨亲吻着我们和车子，马路上的汽车、电动车、自行车将路上的积水击得四下飞溅。

约二十分钟后，我们到了饭店。一进饭店门口，一位穿着得体、体态轻盈的女服务员面带笑容地迎上来，引领我们到房间。房间宽敞明亮，沙发、餐桌、椅子也都古色古香。紧靠餐桌的墙壁上用精致的红木挂件装饰，上面雕刻有一棵松树和两只丹顶鹤。除了于丽丽的那位男朋友不在，同学们都到场了。于丽丽满面春风，坐在副主陪的座位上，她让我坐在主宾位置。禁不住同学们轮番轰炸，我只得坐在主宾的座椅上，牛军坐在副主宾的位置，丁亚茹直接坐在我的右边，何英强紧挨丁亚茹坐下，笑着对她说："为什么不紧挨老公坐呢？"她也笑着说："整天在一块腻歪啥呀！"将座位让给邵胜利。

我们坐在一起有说有笑，大家都在避讳谈到李海生，恐怕触动于丽丽那颗脆弱受伤的心。可是很多次我们都会无意中提起伤心的往事，因为上大学时，于丽丽出现在哪里李海生也会出现在哪里。

于丽丽穿了一件黑色连衣裙，美丽端庄，更有一种成熟的内在美。她给我们大家冲泡了西湖龙井，为我们倒满茶水，然后将水壶轻轻放在餐桌上，感慨地说："我们这一代兄弟姐妹少，同学们便成了亲密的兄弟姐妹。我真幸运，有这么多关心我的兄弟姐妹，我真不知道该怎么感谢你们。老公去世之后，你们竭力撮合我和李海生的姻缘。你们不用自责，责任在我这儿，我如果不愿意，你们再尽心也没用。我当时觉得自己失去了丈夫，他失去了妻子，我们又是曾经的恋人，两人又都带着孩子，能真心真意接受对方，也能实心实意去爱孩子，你们这样想，我也是这样想的，所以我才决定跟他组成一个新家庭。可没想到他竟是一个极端自私自利、心胸狭隘的人。上大学时，只是觉得他心眼小，没有其他毛病……还好，现在总算解脱了！"

她说话的工夫，一个高个子男人推门进来，年龄约四十岁，相貌谈不上英俊，皮肤黝黑，单眼皮，眼睛不大，但亮闪闪的，透着一种成熟老练的气质。他一进门就说："不好意思，来晚了。"我们大家都站起来迎接他，于丽丽指着我说："这是从泰阳来的同学金明子。"他轻轻一笑，没有说什么，也没有朝我这边看，径直坐到主陪位置。于丽丽向我介绍说，他叫齐大伟，现在开一家公司。我礼貌性地朝他笑笑，他没有任何反应。

大家落座后，服务员端上丰盛的菜肴，每端上一道菜报一次菜名，盛菜的盘子碟子都是上好的瓷器制成，做工考究，瓷质细腻。我发觉大家都挺拘谨，话语也明显减少。

齐大伟用公筷依次为大家夹了鱼翅。他的话不多，只是不断让大家吃菜，不到二十分钟，他的手机响起来，他出去接电话，不一会儿推门进来，说："不好意思，失陪了，公司里有件很重要的事情要我处理，我必须先行一步，咱们以后再见！"他又风风火火走到于丽丽跟前，悄悄说："账已经记在我的名下。"他抬起头，向我们挥挥手，急匆匆离去。

他走后，牛军拍拍手，笑着说："我们要的就是这种境界和这种感觉！"

于丽丽看看我，笑着说："你是从大地方来的，说说他留给你的印象。"

我的脸涨得通红，不知道如何回答。丁亚茹碰碰我的胳膊，说："你就实话实说，这是对丽丽负责，她不能再折腾了！"

我横下心说："我对他的印象一般，首先我觉得他不礼貌，当你介绍我时，他基本上没有任何反应。从这里看出他要么是目中无人，要么是心不在焉，可能有心事。别的我倒没有觉察出来。你们别见笑，这只是我的感觉。"

牛军说："金明子说得有道理，这是自以为是的表现。我觉得他有点儿傲慢。你一定要慎重啊。你不是说过他离婚了？你要知道他为什么离婚，是怎样离婚的，责任在谁，公司运营的到底如何，他对待员工如何……"

邵胜利插话："是啊是啊，毕竟一日夫妻百日恩。如果他与前妻恩断义绝，说明这个人没有感情，也是一个极端自私的人。他是不是喜新厌旧？是不是花心大萝卜？非常时期男人都爱甜言蜜语。"见丁亚茹盯着他，他连忙摆手说："看我干吗？我不是这样的人。"

丁亚茹捂嘴偷笑。

何英强接话说："所有一切都是暂时的，都是浮云，只有心境平和了，人才会幸福，才会成大事。"

丁亚茹插话说："丽丽，你一定要慎重！李海生不是教训吗？不要被他一时的花言巧语、表面的风光和所谓的财富迷惑！"

我说："建立一个家庭，意味着你要接受他所有一切，不管是好还是坏，都要面对，都要接纳，而不是排斥。如果你接受不了，先不要考虑结婚。日久见人心呀！时间是最好的良药，也能给我们最好的答案。"

丁亚茹插话："我完全赞同。"

于丽丽羞涩地说："谢谢你们给我善意的忠告，我倒觉得他还可以，会体贴人……"

大家你一言我一语，聊人生聊事业，时间悄无声息地流淌，不知不觉已经到十点钟，我们依依不舍地离席，在饭店门口互相道别。于丽丽正好和我同路，何英强开车送我们。雨比来时大一些，路上行人稀少，整个道路变得亮亮堂堂，地上的积水被灯光映照，将道路两旁的建筑物、树木和广告牌拉长、放大，又模糊一片，路灯的光圈刺疼人的眼睛。

在车上我一再嘱咐于丽丽做事一定要慎重，要学会思考和判断，不要被表面现象迷惑，于丽丽始终用一双迷人的眼睛望着我，微笑着点头。

很快车在一个小区门口停下，于丽丽从车里缓缓下来，打开雨伞，与我们道别，融入霏霏细雨中。她美丽的身影越来越小，越来越模糊，直至消失。

目送她消失的倩影，何英强忽然说："'你站在桥上看风景，看风景的人在楼上看你。明月装饰了你的窗子，你装饰了别人的梦。'她是许多人眼中的风景，而我们又何尝不是别人眼中的风景……"